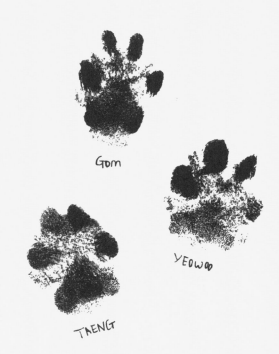

Gom

YEOWOO

TAENG

곰이·탱이·여우

귀여움엔 끝이 없다개!

곰이·탱이·여우

귀여움엔 끝이 없다개!

쏭이님 지음

인사가북스

곰이, 탱이, 여우, 제주로 떠나다

3년 전부터 호연이는 제주로 가고 싶다고 노래를 불렀다. 솜이가 뱃속에 있을 때 태교 여행 겸 한 달 살이를 제주에서 했던 게 계기였다. 그 이후로 호연이 마음 한편엔 제주가 자리 잡은 모양이었다.

물론 제주는 생각만 해도 설렌다. 푸른 바다와 이국적인 풍경으로 가득한 어디를 가도 그림 같은 곳이니까. 하지만 아기와 시바견 세 마리를 데리고 그곳에서 매일 살아간다고 생각하니 현실적인 걱정이 밀려왔다. 삼시바가 아프면 병원은 어떻게 가야 할지, 장을 보려면 마트는 어디 있는지, 솜이 교육 문제도 걸렸다. 고민은 꼬리에 꼬리를 물고 이어졌다. 결국 나는 "그게 무슨 말도 안 되는 소리야! 절대 그럴 일 없어!" 하고 말하고는 단호하게 마음을 다잡았다.

솜이가 18개월쯤 됐을 때, 호연이가 또다시 제주 이야기를 꺼냈다. 그래서 차라리 아기 데리고 한 달 살이를 다시 하자고 제안했다. 곰이, 탱이, 여우와 함께 솜이, 그리고 아이들 할아버지까지 가족 모두가 제주로 떠났다. 이번에는 제주 구석구석을 다 돌아보겠다고 다짐하며 한 달 동안 동서남북 네 군데로 숙소를 옮겨가며 지냈다. "이 정도면 제주에서 충분히 살아본 것 같다" 하며 스스로 만족해서 돌아왔다. 그러니 이제 호연이도 제주 이사 이야기를 그만 내려놓으리라 생각했다. 하지만 예상과 달리 한 달 살이 후 호연이의 '제주 병'은 오히려 더 심해져서 틈만 나면 제주 이야기를 꺼내곤 했다.

그러던 중 노랑이가 생기면서 제주 이야기는 완전히 사라졌다. 노랑이 임신과 함께 호연이는 강아지 호텔을 운영하며 손님 강아지들을 돌보느라 바빠졌고, 나는 입덧 상태로 솜이를 돌보느라 지쳐가고 있었다. 결국 몸 저눕는 일이 점점 잦아지는 가운데 우리 장남 강아지 탱이가 아프기 시작했다.

간식을 주면 소화가 안 돼 설사를 하는 증상이었는데, 점차 설사 횟수가 늘면서 일주일 내내 설사를 하는 것이었다. 10킬로그램이 넘던 탱이의 몸무게가 8킬로그램까지 빠졌다. 사람으로 치면 갑자기 20킬로그램 가까이 빠진 셈이다.

급히 병원으로 달려가 검사를 받아보니, 탱이의 알부민 수치가 많이 낮아진 상태였다. 더 큰 병원으로 가서 추가 검사를 받았는데, 특정 단백질 소화에 문제가 있다고 했다. 다행히 특정 단백질원을 찾아서 급여하면 장이 회복될 수 있다는 희망이 보였다.

병원에서 힘없이 나를 바라보는 탱이를 보니 그동안 탱이를 혼냈던 기억만 떠올라 마음이 무너졌다. 검은 수염보다 흰 수염이 더 많아진 탱이 얼굴을 바라보며 생각했다.

'내 기억 속 탱이는 여전히 솜털 뽀송한 아기 탱이인데 어느새 9년이라는 시간이 흘렀네.' 우리가 함께할 시간이 앞으로 더 짧아질 수도 있다는 생각에 그 시간을 그냥 흘려보내고 싶지 않았다. 그래서 이번엔 내가 먼저 말했다.

"자기야, 우리 제주로 진짜 이사 갈까?"

곰이, 탱이, 여우, 솜이, 노랑이와 함께 더 많은 추억을 쌓고 싶다는 생각이 들었기 때문이다. 도시의 편안한 삶을 떠나, 조금 불편해도 자연 속에서 개들과 함께 여유로운 시간을 보내고 싶었다.

제주에선 마트에 가려면 차를 타고 가야 한다. 마트 가는 길에 소들이

풀 뜯어 먹는 모습도 구경하고, 바다 옆 산책로를 발견하면 잠시 차를 세워두고 살짝 걸을 수도 있다. 시간이 좀 더 걸리고 불편할지 몰라도 그 속에 있으면 곰이, 탱이, 여우와의 시간이 더 깊어질 것 같았다. 푸르른 제주 자연에서 함께 시간을 보내다 보면 우리 탱이도 다시 활기를 되찾을 수 있을 것 같았다.

그래, 제주로 이사 가보자! 🐾

"자기야, 우리 제주로 이사 갈까?"

차례

3장 삼시바는 육아 마스터

4장 지루할 틈 없는 시바 가족

예민보스
'곰이'

차도개
'탱이'

뇌 순수
'여우'

1장

♡

우리 삼시바가 달라졌어요

제주의 신고식

2024년 6월 13일, 드디어 제주로 이사를 왔다.
'내가 정말 제주에서 살게 되다니.'

이 결정을 하기까지 참 많은 고민과 결심이 필요했지만 막상 내려오니
설렘에 가슴이 두근거렸다. 새로운 시작은 항상 나를 떨리게 한다. 앞으
로 펼쳐질 일들이 기대되어서 잠도 잘 오지 않았다.

도착하고 첫 일주일 동안은 정말 정신없이 돌아다녔다. 이사 왔다는 느낌
보다는 여행을 온 기분이 더 강했다. 동서남북 가리지 않고 온 제주를 누
비며 매일 같이 새로운 곳으로 나섰다. 전국의 명소를 이미 다 가본 프로

여행러 곰이, 탱이, 여우도 신이 났다. 새로운 냄새를 맡고, 영역표시를 하고, 관광지에서 만난 사람들과 인사하며 하루하루를 만끽했다.

하지만 설렘의 시간은 생각보다 길지 않았다. 제주에 내려온 지 일주일쯤 되었을 때 장마가 시작된 것이다. 솔직히 처음에는 별로 걱정하지 않았다. 장마쯤이야 육지에서도 매년 겪어온 일이니까. 그런데 이게 제주 장마라는 걸 내가 몰랐다.

아침부터 비가 퍼붓더니 이내 하늘이 맑아졌다. 경험상 이런 날은 비가 그친 뒤로는 더 이상 비가 내리지 않거나 한참 간격을 두고 다시 내리곤 했다. '장마라지만 오늘은 다행히 쉴 틈이 있나 보다!'라고 안심하며 삼시바에게 하니스를 채웠다.

맑게 갠 하늘은 눈이 부실 만큼 파랗고 깨끗했다. 삼시바와 걸어보는 제주의 천연 산책길은 그야말로 절경이었다. 곰이, 탱이, 여우도 그간 참고 있던 배변을 서둘러 해결하고 행복한 산책을 만끽했다.
탱이는 마킹 후 특유의 뒷발 팡팡이를 했고, 여우는 기다렸다는 듯 탱이 발에서 튄 흙과 나뭇가지들을 입으로 받아내며 신나게 장난을 쳤다. 또 여우가 쉬를 하면 곰이는 꼭 여우가 쉬한 자리에 또다시 쉬를 하며 같은 무리임을 강조했다. 평화롭고 완벽했던 산책 시간은 그렇게 계속될 줄만 알았다.

그런데 하늘이 순식간에 어두워지더니 갑자기 수도꼭지를 튼 것처럼 비가 쏟아졌다. 도심처럼 급히 피할 수 있는 처마도 없어 제주의 야생 속에서 우리는 그대로 비를 맞을 수밖에 없었다. 차로 돌아가야 했지만 이미 너무 멀리까지 와버린 터라 눈앞이 캄캄했다.

머리부터 발끝까지 흠뻑 젖은 채로 간신히 차로 돌아왔다. 아직 한여름이 아니라 기온도 낮아서 몸이 바들바들 떨렸다. 옷이 젖어서 무거워지니 더 눅눅한 기분이 들었다. 곰이, 탱이, 여우도 털이 젖어 축 처져 있었다. 겨우 차에 올라탔는데, 이게 웬걸. 비가 뚝 그쳐버렸다. 하늘이 다시 맑아졌고 햇빛이 눈부시게 내리쬐기 시작했다.

"와… 진짜 날씨 너무 하네. 진짜 양심 없는 거 아니야?!"

속옷까지 다 젖은 상태로 차에 앉아 있으니 제주의 변덕스러운 날씨가 원망스러웠다.

제주는 순식간에 비가 왔다가
금세 개곤 한다.

그날 이후로 알게 된 사실이 있다. 제주의 비는 지역마다 달리 내린다는 것이다. 고도가 높은 지역은 비가 자주 내리고, 낮은 지역일수록 맑은 날이 많다. 장마가 아니더라도 한라산 근처로 갈수록 비가 잦은데, 비 많기로 유명한 장마철에 중산간에서 산책을 시도했으니 겁도 없었다. 이게 속옷까지 젖을 수밖에 없었던 이유다.

그 뒤로는 날씨가 조금이라도 흐릴 것 같으면 해변으로 내려가 산책을 한다. 그나마 비를 덜 맞을 수 있기 때문이다. 제주에 사는 동안은 날씨 앞에서 자만은 금물이다. 🐾

유난히 힘들었던 해

따뜻한 햇살과 선선한 바람, 눈부신 하늘까지 모든 게 완벽한 가을날 곰이, 탱이, 여우를 데리고 아침 산책을 나왔다.

푸르른 잔디밭을 지나는데 손바닥만 한 새 한 마리가 배를 뒤집고 누워 있었다. 낮게 날아다니다 건물 외벽에 부딪친 뒤 그대로 추락한 것 같았다. 곰이, 탱이, 여우는 호기심에 냄새를 맡으려 했는데, 내가 너무 놀라 크게 소리를 지르자 다들 깜짝 놀라서 후다닥 지나가버렸다.

새의 죽음을 보고 나서, 머릿속은 복잡한 생각으로 가득 찼다. 풍족하진 않았지만 사랑이 넘치는 집에서 지금껏 큰 굴곡 없이 살아왔다. 기쁜 일이 생기면 온 가족이 내 일처럼 기뻐했고 매년 여름이면 다 같이 피서도 떠나고 적금을 모아 여행도 다녔다.

누구에게나 우리 가족의 돈독함을 자랑하고 싶을 정도로 모두 각자의 자리에서 서로를 사랑하며 열심히 살아가고 있었다.

그런데 작년에는 시작부터 사고가 터졌다. 1월에는 셋째 이모부가 치과 치료를 하셨는데, 그 약물 부작용으로 장기 손상이 생겨 출혈이 심해지셨다. 가족들과 마지막을 준비하라는 의사의 말을 들을 정도였다. 이틀 동안 큰 병원을 두 번이나 옮겨 다니며 큰수술을 받은 끝에 겨우 출혈을 막았고, 지금은 건강을 많이 회복하셨다.

2월에는 넷째 이모부가 갑작스럽게 심장 수술을 받으셨고, 4월에는 큰아버지가 돌아가셨다.

6월에는 제주로 이사 왔다. 처음에는 솜이 할머니도 함께 오시기로 했다. 그러나 이사를 확정한 후, 엄마가 혼자 살아보고 싶다고 완강하게 말씀하셔서 결국 엄마는 인천에 원룸을 구해 혼자 지내게 되었다.

평생 아버지의 보살핌을 받으며 살아오신 엄마가 혼자 지내는 게 걱정되었지만, 그 의지가 너무 강하게 느껴져서 어쩔 수 없었다. 그리고 이사 온 지 한 달 만에, 엄마는 금전 사기를 당하셨다. 내가 조금 더 고집을 부려서라도 엄마를 제주로 모실 걸 하는 후회가 밀려왔다.

시골 할머니께서 치매 판정을 받으셨다. 가끔 엉뚱한 말씀을 하시곤 했는데 영상통화로 할머니께서 어린아이처럼 우시는 모습을 보면서 설마 했지만 결국 치매 판정을 받으셨다는 사실을 알게 되었다. 평소에도 멀어서 자주 찾아뵙기 어려웠는데 제주로 이사 오게 되니 더 찾아뵙기 힘들어져서 죄송한 마음이 들었다.

8월에는 사촌 동생 셋이 교통사고로 하루아침에 세상을 떠났다. 소중한 자녀들을 잃은 이모들의 마음을 감히 상상할 수 없지만 나 역시 두 아이를 둔 엄마로서, 사촌 언니이자 누나로서 그 먹먹한 아픔이 느껴졌다. 너무 힘들어서 가만히 있어도 눈물이 나왔고, 가슴이 답답해 숨을 쉬기 어려울 때도 있었다.

동생들이 한 번에 세상을 떠난 후 한동안은 평소처럼 일상을 살기가 어려웠다. 바쁜 일이 없어서 여유가 생기면 늘 슬픔이 그곳을 채웠다. 자꾸 슬픔의 늪에 나를 가두면 안 될 것 같아, 슬픈 생각이 들 때마다 절에 가서 동생들을 위해 기도했다. 그때마다 솜이, 랑이도 같이 데리고 갔는데, 내가 절하는 동안 솜이는 "자동차 장난감 사주세요" 하면서 옆에서 같이 기도했다. 이 순수한 아이들을 위해서라도 빨리 내가 털고 일어나야겠다고 생각했다.

대부분 사람이 그렇듯 죽음과 질병은 평소엔 나와 전혀 상관없는 일처럼 느껴진다. 그러나 올 한 해 동안 겪은 아픔과 상실을 통해 그것들이 이제 더 이상 나와 상관없는 일이 아니라는 것을 알게 되었다. 죽음과 질병은 언제든지 내 삶에 찾아올 수 있는 일이었다.

내가 슬픔에 빠져 있는 동안 곰이는 여전히 내 옆에서 꾸꾸꾸 말을 걸었고, 탱이는 듬직하게 곁을 지켜줬고, 여우는 배고프다고 멍멍멍, 기분 좋다고 오롤로롤 소리를 지르며 애교를 부렸다. 아직 말 못 하는 랑이도 방긋 웃으며 내가 다시 일상으로 돌아오길 기다리고 있었다. 숨 쉬기 힘들어 괴로워하는 내 등을 두드려준 호연이와 나를 필요로 하는 아이들이 있었기에, 나는 마음을 조금씩 다잡을 수 있었다.

사랑하는 가족들을 떠나보내며 생의 마지막 순간 아프고 힘들어했던 그들의 모습이 마음 깊이 남았다. 그래서 나는 훗날 우리 시바들이 떠날 때도 아프지 않고 좋은 기억만 안고 편히 떠나기를 바란다. 그래도 언젠가 이별의 순간은 찾아올 테니 하루하루를 더 의미 있게 보내야겠다는 마음이 간절하다. 🐾

내가 슬픔에 빠져 있는 동안
탱이는 듬직하게 내 곁을 지켜줬다.

곰이에겐 적응이 필요해

나는 바다가 좋다. 물놀이를 좋아하는 건 아니고 정확히는 바닷가 산책을 좋아한다. 푸른 바다를 보고 있으면 답답했던 마음도 그대로 스르르 풀려 버린다. 그래서 머리가 꽉 막히고 답이 없어 보일 땐, 고민하지 않고 바다를 보러 간다. 그렇다고 문제가 해결되는 건 아니지만 마음가짐이 달라지며 다시 힘이 나곤 한다.

육지에서는 주로 동해를 찾았기 때문에, 아무리 빨라도 차로 2시간 이상 달려야 바다를 마주할 수 있었다. 하지만 제주로 이사 오니 차로 10분 거리에 바다가 있다는 게 정말 좋다.

다행히 나만 그런 건 아닌 것 같다. 해변으로 밀려온 톳을 입에 물고 이리 저리 흔드는 여우, 다시마를 먹겠다고 폴짝폴짝 점프하는 곰이! (탱이는 물을 질색해서 바다를 좋아하지 않는다.) 곰이와 여우가 나처럼 바닷가 산책을 즐기는 것 같아 제주에 오길 참 잘했다는 생각이 들었다.

그렇게 모든 것이 평화롭기만 했던 삼시바의 제주살이에 문제가 생겼다. 곰이가 틈만 나면 생식기 부분을 핥기 시작한 것이다. 제주에 이사 온 지 일주일도 안 되어서 곰이를 데리고 동물병원에 갔다. 정밀 검사를 해봐야 알겠지만 외견으로는 큰 문제가 없어 보이며, 바뀐 환경에 대한 스트레스나 외부 자극 때문일 가능성이 높다고 진단받았다.

가장 큰 변화라면 아파트에서 단독주택으로 이사 온 것이었다. 제주 집으로 막 이사 왔을 때 마당의 잔디는 관리되지 않아 무성하게 자라 있었고, 그 때문에 파리와 각종 벌레가 몰려들어 집 안으로까지 들어왔다. 삐죽삐죽 정리되지 않은 잔디가 자꾸 곰이의 중요 부위를 건드렸고, 그 자극에 곰이가 그곳을 계속 핥게 된 것이다. 아파트에서는 보기 힘든 왕파리나 각종 벌레들이 곰이 주변을 맴돌다 보니 무섭고 짜증 나는 마음에 곰이에게 스트레스가 쌓인 것으로 보였다.

같은 시바견이지만, 곰이, 탱이, 여우는 서로 성격이 다르다. 곰이는 예민하고 겁 많은 성격이지만 천천히 제주 생활에 적응하고 있다. 이제는 마당을 마음껏 뛰어다니고 잔디에 누워 햇볕을 즐기기도 한다. 여전히 파리나 벌레가 나타나면 짜증을 내지만 그래도 적응하려고 노력하는 모습을 볼 수 있다. 나는 그런 모습을 보며 작고 소중한 쪼곰이를 한 번 더 꼭 안아준다. 🐾

끓어오르는 사냥 본능

제주에는 육지에서 보기 힘든 다양한 새가 산다. 그중에서도 제주 해변에서 흔히 볼 수 있는 새가 도요새다. 이 새는 빠른 속도로 해변을 뛰어다닌다. 도요새는 갯벌이나 모래밭에서 작은 갑각류, 벌레 등을 잡아먹는데, 빠르게 뛰어다니면서 부리를 이용해 땅을 파고 먹이를 찾는다.

특히 제주처럼 바람이 많이 부는 곳에서는 힘들게 바람에 맞서 날기보다 낮은 자세로 모래사장을 뛰는 게 도요새가 먹이를 찾는 데 유리하다고 한다.

처음 도요새를 봤을 때는 이름을 몰랐다. 그저 빠르게 뛰어다니는 모습이 신기해서 우리끼리 '달리기 새'라고 불렀다.

여름이 되면 산과 숲에 진드기가 끓어 이때는 주로 곰이, 탱이, 여우를 데리고 해변을 걸었는데, 그때마다 우리는 이 달리기 새를 만났다. 하늘을 날거나 나무에 앉아 있는 새들에게는 큰 관심이 없던 녀석들도 모래 위를 이리저리 뛰어다니는 달리기 새를 보고는 반응을 보였다. 탱이는 마치 사냥감을 노리는 맹수처럼 몸을 낮춘 채 천천히 접근하더니 어느 순간 전속력으로 내달렸다. 하지만 달리기 새는 탱이를 비웃기라도 하듯 날아오르지도 않고 빠른 걸음으로 모래사장을 가로질렀다.

탱이의 눈빛이 변했다. '오늘은 반드시 잡겠다'라는 강한 의지가 느껴졌다. 곰이와 여우도 처음에는 관심이 없었지만 탱이의 움직임을 보고 덩달아 사냥에 뛰어들었다. 삼시바는 한참을 추격했지만, 새는 결국 날아올라 해변의 웅덩이를 지나 바위 위에 내려앉았다. 그러고는 마치 '여기까지는 못 올 거야' 하는 표정으로 우리를 내려다보았다. 더 안전한 곳으로 날아가도 될 텐데 굳이 닿을락 말락 한 곳에 앉아서 탱이를 자극하는 도요새를 보고 있자니, 지켜보는 나도 덩달아 도요새가 얄밉게 느껴졌다.

그때였다. 평소 물을 극도로 싫어하던 탱이가 망설임 없이 바닷물 속으로 뛰어들었다. 탱이의 예상치 못한 행동에 곰이와 여우도 얼떨결에 따라 들어갔다. 성인 남자에겐 무릎이나 허벅지까지 오는 깊이였지만 다리가 짧은 시바에게는 물이 꽤 깊었다.

태이의 눈빛이 변했다.
'오늘은 반드시 잡겠다.'

녀석들은 바닥에 다리가 닿지 않았는지 열심히 꼬리를 모터 삼아 수영하며 반대편 바위로 향했다. 하지만 탱이가 바위에 오르자마자 도요새는 재차 날아가버렸다. 늘 신중하던 탱이가 이렇게 무모한 도전을 한 것은 처음이었다. 그만큼 도요새가 얄미웠던 걸까?

집으로 돌아오는 길, 비록 사냥에는 실패했지만 탱이는 만족스러워 보였다. 내 다리를 앞발로 꼭 붙잡고 마운팅을 하며 활짝 웃었다. '오늘 정말 신났다'라는 의미였다.

탱이는 곰이와 여우보다 시바견 본연의 기질이 강했다. 빠르게 움직이는 것에 본능적으로 반응했다. 곰이는 벌레를 보면 질색했고, 여우는 파리가 몸에 앉아도 신경 쓰지 않았지만, 탱이는 날파리를 잡기 위해 집 안을 뛰어다니며 하루 종일 쫓은 끝에 결국 파리를 잡기도 했다.

도시에서 이런 기질은 위험할 수 있었다. 갑자기 등장한 행인에게 본능적으로 반응할 수도 있기 때문이다. 그래서 어릴 때부터 훈련소에 다니며 기질 조절 훈련을 받았다. 유명한 훈련사들도 만났는데, 훈련사 선생님들은 하나같이 강한 기질을 가진 시바견은 평생 훈련을 통해 본능을 억제해야 한다고 말씀해주셨다. 특히 사냥 본능을 자극할 수 있는 환경보다는 도심 속 공원 같은 곳에서 산책하는 것이 안전하다는 조언도 들었다.

훈련을 통해 탱이는 많이 달라졌다. 움직이는 것에 즉각적으로 반응하지 않고 무던하게 지나칠 줄 알게 되었다. 하지만 그만큼 도시의 삶은 지루해 보였다. 맛있는 간식을 받을 때가 아니면 좀처럼 웃지 않았다. 창틀에 누워 창밖을 바라보는 일이 많아졌다. 탱이의 눈에 비친 세상은 바쁘게 흘러가기만 했다.

제주로 이사 온 뒤, 탱이는 눈에 띄게 변했다. 아침마다 들려오는 새소리, 길에서 마주치는 노루, 해변에서 뛰어다니는 도요새까지.
도시에서는 억눌러야 했던 본능이 조금씩 깨어났다. 그래서인지 더 자주 웃었다. 물론 본능을 완전히 깨우는 건 위험할 수도 있다. 하지만 가끔 새를 쫓으며 짧은 일탈을 즐기는 것. 그것도 탱이에게는 큰 행복이 아닐까?

도시에서 살아간다는 건, 결국 비슷한 모습으로 흘러가는 삶을 의미하는 것 같았다. 사람들 틈에 섞여 눈에 띄지 않도록 조심하고, 남들과 다르다는 이유로 불편한 시선을 받지 않도록 나를 감추며 살아왔다. 처음에는 조금 답답했지만, 시간이 지날수록 오히려 편해졌다. 그렇게 살아가는 게 당연한 줄 알았다. 그런데 어느 순간 문득 스스로에게 묻게 됐다. 나는 뭘 좋아했지? 무엇을 하고 있을 때 가장 즐거웠지? 머릿속이 하얘졌다.
남들에게 맞추며 살아온 시간이 너무 길어서 정작 내 모습은 흐릿해져 있었다. 제주에서 깨어난 탱이를 보며 문득 나도 저렇게 될 수 있을까 생각했다. 탱이는 오랜 잠에서 깨어나 유유자적 바다로 나아갔다. 나도 이

곳에서 조금씩, 나를 다시 찾아보고 싶다. 오래 잊고 지냈던 진짜 나를 찾아보려고 한다. 🐾

흰뚱또! 여우의 반전

백시바 여우는 흰색의 통통한 몸매와 엉뚱한 행동으로 인해 '흰뚱또'라는 별명을 가지고 있다. 어릴 때부터 여우는 독특한 행동과 기상천외한 방법으로 우리 가족을 깜짝 놀라게 만들곤 했다. 여우는 평범함과는 거리가 먼, 마치 뇌 속을 순백으로 비워놓고 살아가는 듯한 순수한 매력을 가진 아이였다.

여우는 밥을 주면 꼭 장래 희망이 독수리라도 되는 것처럼 주둥이로 쪼아 먹고 곰이 언니가 가만히 누워 쉬고 있으면 슬쩍 다가가 앞발로 툭툭 치기도 했다. 가끔 무슨 바람이 불었는지 겁 없이 탱이 오빠에게 대들기도 했다. 그럴 때마다 탱이가 혼을 내며 "이놈!" 하고 소리치면 여우는 마치 이제 정말 끝장이라도 난 것처럼 "깨깽깽!" 소리를 질렀는데, 그 와중에도 탱이의 목덜미를 덥석 물고 늘어졌다.

기막힌 건 여우도 겁이 났는지 그 자리에서 오줌을 지렸다는 점이다. 오줌을 지릴 정도로 무서우면 도망을 가야지 왜 목덜미는 물고 있는지 정말 의문이었다. 하지만 여우는 그런 상식을 따지지 않았다. 여우는 항상 엉뚱한 행동만 골라 했고, 그럴 때마다 '대체 이 아이는 언제 철이 들까?' 하고 걱정이 앞섰다.

여우는 성격만큼 행동도 예측할 수 없는 시바였다. 그래서 첫째 솜이를 임신했을 때는 여우 때문에 걱정이 많았다. 아직 철없는 행동을 반복하던 녀석이라 곰이 언니나 탱이 오빠처럼 솜이를 뒤에서 조용히 지켜보지는 않을 것 같았다. 특히 솜이를 앞발로 꾹꾹 누르거나 장난삼아 건드리지 않을까 불안한 마음이 컸다.

하지만 놀랍게도 솜이가 태어나고 난 뒤 여우는 완전히 달라졌다. 마치 자신의 새끼를 돌보는 어미처럼 여우는 솜이 곁을 떠나지 않았다. 아기가 울면 가장 먼저 곁으로 달려와서는 솜이를 부드럽게 핥아줬다. 솜이가 여우의 털을 잡아당기거나 귀를 만지작거려도 여우는 싫은 기색 없이 묵묵히 받아줬다.

둘째인 노랑이 역시 여우의 세심한 관심을 받으며 자랐다. 장난감을 가지고 놀 때도 여우는 아이가 들고 있는 물건을 절대 빼앗지 않았다. 노랑이가 바닥에 떨어뜨린 과자는 조심스럽게 다가가서 먹었지만 아이의 손에 들려 있는 과자에는 손대지 않았다. 어딘가 한없이 자유분방해 보였던 여우에게서 이런 배려와 따뜻함이 느껴질 줄은 정말 몰랐다.

탱이는 다소 보수적인 성향이 강한 편이다. 특히 사람의 예상치 못한 행동이나 움직임을 좋아하지 않는다. 아이들은 들뜬 날이면 소리를 지르며 뛰어다니기 마련인데 이런 상황이 탱이에게는 몹시 스트레스로 다가왔던 모양이다. 가끔 이런 행동에 불편함을 느낀 탱이는 짖으며 하지 말라고 경고하기도 했다.

그런데 이런 상황이 벌어질 때마다 어느새 여우가 날쌔게 달려와 문제를 해결하곤 했다. 여우는 탱이와 아이들 사이에 서서 서로 다가가지 못하게 막았다. 그러고는 탱이의 입냄새를 맡으며 무언의 경고를 보냈다. 더는 다가가지 말라고 말이다.

이후 여우는 마치 바리케이드처럼 솜이와 노랑이를 지키기 위해 자리를 잡았다. 여우의 블로킹 덕분에 큰 소동이 될 뻔했던 사건이 안전하게 마무리되기도 했다. 여우의 이런 행동에는 감동하지 않을 수 없었다. 평소 그저 제멋대로인 것 같던 여우가 누구보다 가족을 생각하는 큰 책임감을 가진 존재로 보였다. 이 아이가 가족의 중심이자 든든한 보호자 역할을

하고 있다는 생각이 들었다.

첫째 솜이만 있을 땐 육아를 도와주는 할머니, 할아버지가 계셔서 여우의 육아가 그저 귀엽다고만 생각했는데, 제주에 내려와서 다른 어른들의 도움 없이 오롯이 육아를 도맡아 하다 보니 여우의 적극적인 육아 도움이 그 어느 때보다 크게 느껴진다.
마냥 해맑다고만 생각했던 여우의 눈에서 느껴진 따뜻함과 행동에서 묻어난 여우의 배려가 내게 큰 감동을 줬다. 🐾

여우는
마치 바리케이드처럼
아이들을 지켰다.

아픈 손가락, 쪼곰이

곰이는 탱이와 여우에 비해 체격이 작다. 날씬하지만 키가 크고 골격이 큰 탱이와 비록 다리는 짧지만 단단한 근육과 살집으로 무장한 여우에 비해, 발도 몸도 머리도 작은 곰이는 체격에서 한없이 밀린다.

평소에는 그럭저럭 잘 뛰어놀지만, 곰이의 작은 몸이 유난히 서럽게 느껴질 때가 있다. 바로 우리끼리만 외출할 때다. 강아지들이 갈 수 없는 곳에 가야 할 때는 곰이, 탱이, 여우를 집에 두고 나갔다가 돌아오곤 한다. 그리 오래 나가 있지 않았어도, 삼시바들은 우리가 집으로 돌아오면 오랜만에 만난 것처럼 세상 반갑게 인사한다.

질투쟁이 여우는 우리의 사랑을 독차지하기 위해 육중한 몸을 있는 힘껏 들어 올려 탱이와 곰이를 앞발로 한 번씩 팡팡 차버린다.

탱이는 여우의 공격에도 단단히 버텨내지만 문제는 곰이다. 안 그래도 작고 힘없는 곰이는 여우의 앞발 차기에 휘청이며 저 멀리 밀려난다.

나도 여우의 앞발 차기를 몇 번 당해본 적이 있는데 정말 '악' 소리 나올 정도로 아팠다. 곰이보다 훨씬 큰 나도 이렇게 아픈데, 저렇게 작은 쪼곰이는 얼마나 욱신거릴까? 곰이도 몇 번 당하더니 이제는 도어록 열리는 소리만 들려도 안방으로 도망가거나, 여우가 다가갈 수 없는 책상이나 의자 위로 올라가 애처롭게 "꾸르르르, 꾸르르르" 울며 나를 찾는다.

그럴 때면 나는 탱이와 여우를 충분히 예뻐해준 후, 울고 있는 쪼곰이에게 다가가 머리를 쓰다듬으며 "오구오구, 보고 싶었쪄?" 하고 속상한 마음을 달래준다. 그러면 곰이는 그제야 있는 힘껏 꼬리를 흔들며 애정을 표현한다.

이런 곰이는 겁도 많다. 하루는 자고 있는데 암막 커튼 사이로 강한 불빛이 눈을 찌를 듯 번쩍였다. 새벽 3시였다. 나는 순간 놀라 잠이 깨버렸다. 가을과 겨울 내내 조용했던 하늘이 봄비를 몰고 오면서 천둥번개가 번쩍번쩍 내리치고 있었다.

제주의 천둥번개는 도시와 비교할 수 없을 정도로 강력하다. 번개의 빛은 암막 커튼이 없으면 눈을 뜨기 어려울 정도로 밝고, 천둥소리는 밖에서 들으면 심장이 철렁할 정도로 크다.

지난 여름밤, 천둥번개가 말도 안 되게 내리친 적이 있다. 까만 하늘이 쉴 새 없이 분홍빛으로 물들 정도였다. 다음 날 기사를 보니 밤새 제주에 500회가 넘는 낙뢰가 내리쳤다고 했다. 어쩐지 하늘이 클럽처럼 쿵쿵대고 번쩍인다 싶었다.

사람도 심장이 덜컥 내려앉을 정도인데 청력이 훨씬 예민한 개들에게는 얼마나 무섭게 들릴까.

도시에서는 가로등과 건물 조명이 번개의 빛을 희석시키고 높은 건물이 소리를 분산시켜서 상대적으로 천둥소리가 덜 위협적으로 들린다. 그럼에도 곰이는 도시에 살 때도 천둥번개를 무서워했다. 번개가 칠 때마다 내 품에 안겨 바들바들 떨었고 그 여파로 다음 날이면 뱃속에서 '꼬르륵 쾅쾅' 천둥이 치곤 했다. 긴장할 때마다 배에 가스가 차는 곰이는 스트레스를 받으면 뱃속 천공 소리를 내며 하루 종일 불편해한다.

그런데 이제는 높은 건물 하나 없는 제주에서 온몸으로 야생의 천둥번개를 맞아야 하는 것이다. 곰이가 느낄 공포는 이루 말할 수 없을 터였다. 낙뢰가 500번 넘게 내리쳤던 그날 밤, 곰이는 온몸을 파르르 떨며 밤새 내 품에 꼭 안겨 있었다.

폭풍 같던 여름이 지나고 가을, 겨울을 거쳐 제주에 봄이 찾아왔다. 그리고 천둥번개도 함께 돌아왔다.

나는 천둥이 치기 전, 번개가 번쩍하자마자 미리 곰이를 살며시 안아줬다. 미리 안아준 덕분인지 이번에는 곰이가 크게 놀라지 않았다. 하지만 갑작스러운 천둥소리에 곰이 옆에서 자고 있던 여우가 곁으로 다가와 나를 빤히 바라봤고 거실에서 자고 있던 탱이도 안방 문 앞에서 삐익삐익 울어댔다.

방 안에는 솜이, 랑이가 자고 있었기 때문에 삼시바를 데리고 거실로 나왔다. 곰이, 탱이, 여우를 한 마리씩 꼭 안아주며 "괜찮아, 괜찮아" 다독여줬다. 다행히 탱이와 여우는 금세 진정하고 각자의 자리로 돌아갔다. 하지만 곰이는 아직 무서운지 내 무릎 위에서 몸을 웅크린 채 잠들었다. 그래도 예전처럼 심하게 떨진 않는다. 겁 많은 곰이지만 이제 제주의 자연에 제법 적응한 모양이다. 🐾

'개린이' 시절이 그리울 때

유소년 시절, 탱이는 삼시바 중에서 가장 똑똑하고 체력도 좋은 시바였다. 다리가 길어서 한 번 점프하면 1.5미터 정도는 거뜬하게 뛰어오르고, 탐지 능력도 뛰어나 하루 종일 코를 킁킁거리며 온 집을 돌아다녔다. 머리는 또 얼마나 좋은지 탱이가 못 여는 물건이 없을 정도였다. 철제 쓰레기통 뚜껑은 어금니로 살살 열고 코와 주둥이를 이용해 문이란 문은 다 열어젖혔다. 하루는 하다 하다 냉장고 문까지 열어서 그 안의 반찬을 다 꺼내 먹은 적도 있다.

싱크대 위에 올라가서 잔반 처리하기, 플라스틱 캐리어를 이빨로 다 뜯어버리고 안에 있는 스팸 먹으려 시도하기(이게 '시도'인 이유는, 결국 먹지 못했는지 스팸 캔에 어금니 자국으로 추정되는 구멍 두 개만 발견되었기 때문이다).

한 살 이전에는 장판이든 벽지든 다 뜯어버려서 나중에 이사 나올 때 도배와 장판을 싹 다 새로 해주고 나와야 했다. 삶이 심심하다면 탱이를 키워보라고 말하고 싶을 정도로, 탱이는 정말 감당이 안 되는 사고뭉치였다.

탱이가 하도 사고를 많이 쳐서 스트레스를 정말 많이 받았다. 선배 시바 집사들만 만나면 "도대체 얘는 왜 이렇게 사고를 많이 치냐" 한탄하며, "몇 살이 되면 얌전해지느냐" 바짓가랑이를 붙잡고 물어보곤 했다.

그런데 그렇게 말썽쟁이였던 탱이가 열 살이 되자 너무 얌전하다 못해 심심해 보일 정도로 조용해졌다. 장난감을 던져줘도 시큰둥, 산책할 때도 여우는 저만큼 엉덩이를 흔들며 앞으로 치고 나가고 곰이도 뒤질세라 열심히 걷는데, 탱이는 슬금슬금 세월아 네월아 하며 걷는다.
말썽쟁이가 너무 재미없어진 것 같다. 저녁 9~10시만 되면 넘치는 체력을 주체하지 못해 우다다다 뛰어다니던 탱이는 이제 세상 귀찮은 듯 마당에 나가 햇볕 아래 누워 하루 종일 일광욕만 한다.

그러던 탱이가 어느 날 어디서 구해왔는지 휴지를 입에 물고 와 이곳저곳 뛰어다니며 다 뜯어놓고, 노랑이 배도 핥아줬다. 탱이의 호의에 기분이 좋아진 노랑이는 배시시 웃었다. 여우가 눈치를 살금살금 보며 탱이

밥을 훔쳐 먹어도 한 번 쓱 쳐다보기만 하고 웃으며 지나간다.

뭐든 다 용서가 될 정도로 탱이의 기분이 좋은 날인 것 같았다. 이런 날은 탱이가 기분이 좋으니, 집안을 다 어지럽혀도 내 기분이 좋다.

가끔 초보 시바 집사들을 만나면 이런 질문을 받곤 한다. "우리 시바는 언제쯤 얌전해지나요?" 그러면 나는 이렇게 이야기한다. "지금은 많이 힘들고 스트레스도 받으시겠지만, 언젠가 시간이 흐르면 체력 넘치던 '개린이' 시절이 그리울 날이 올 거예요. 그러니 너무 미워하지 말고, 더 많은 시간을 함께 보내주세요." 🐾

몇 살이 되면 얌전해지냐개?

여우는 공복에 예민해

우리 여우는 하얀 털과 온순한 성격을 가진 천사 같은 백시바다. 애교도 많고 아이들과도 잘 어울린다. 그런데 이 사랑스러운 여우에게는 아주 큰 문제가 있다. 바로 '밥'이다.

여우는 먹는 걸 너무나도 좋아한다. 그냥 좋아하는 정도가 아니다. 하루 종일 먹을 생각만 하는 것처럼 보일 정도다. 정해진 시간에 사료를 줘도 잠시 후면 배가 고프다며 밥 달라고 짖기 시작한다. 그 소리가 또 얼마나 우렁찬지! 처음에는 귀엽다고 웃어넘겼지만, 매번 들으면 나도 모르게 한숨이 나온다. 계속 듣다 보면 고막이 아플 지경이다.

"여우야 너 오늘 벌써 네 끼나 먹었어."

하지만 여우는 물러서지 않는다. 반짝이는 눈으로 나를 바라보며 목청껏 외친다. "배고프다니까!"라고 소리치는 듯한 그 행동에 결국 나는 또다시 사료를 꺼내 든다. 이렇게 하루에 다섯 끼를 먹게 되는 날도 종종 있다.

이때 내가 주는 사료는 다이어트 사료다. 살이 잘 안 찌는 사료라 믿고 줬는데 여우는 여전히 통통한 몸매를 자랑한다. 사료의 효과가 없는 게 아니라 식사량이 문제인 것이다. 그래서 나는 여우의 건강을 위해 단단히 마음을 먹고 사료 양을 줄이기로 했다.

그런데 양을 줄이자 여우가 달라졌다. 천사 같던 여우가 '예민보스'가 되어버렸다. 배가 고프면 심통을 부리며 사료 그릇 앞에서 한참 동안 짖어댄다. 그래도 사료를 안 주면 밥그릇을 입에 물고 와서는 바닥에 휙 던진다. 집안의 물건을 앞발로 툭툭 치고 다니거나 기분이 더 나빠지면 물건을 깨물거나 찢기도 한다. 그런 여우의 눈빛에는 배신감이 가득하다. "어떻게 나한테 이럴 수 있어?"라는 말이 들리는 듯하다.

자동 급식기를 설치해 정해진 시간에 밥이 나오게 해보기도 했다. 하지만 하루 종일 급식기 앞에 앉아서 짖어대는 바람에 머리가 울려서 설치한 지 하루 만에 철거해버렸다.
심지어 여우는 배가 고프자 물을 마시기 시작했다. 사료 대신 물로 배를 채우려는 건지 물그릇이 비어 있으면 낑낑대며 또 짖었다. 하루에 마시는 물의 양이 점점 많아지자 걱정이 되었다.

여우의 건강을 위해 밥을 줄였는데, 여우의 정신 건강이 나빠지고 있었다. 결국 나는 여우와의 밥 싸움을 조금 포기했다. '살이 좀 안 빠지면 어때, 여우가 행복할 수 있다면 그것만으로도 충분하지, 뭐…. 하루 다섯 끼를 네 끼로 줄이는 것만으로도 큰 진전이다.'

여우는 오늘도 물그릇 옆에 앉아서 나를 바라본다. 아마 물이 부족하다며 짖기 직전일 것이다. 그 표정이 어찌나 귀여운지 나는 벌써 다음 끼니를 어떻게 줄지 고민한다.
여우가 배고프지 않고 행복했으면 좋겠다. 오늘도 천사 같은 얼굴로 밥 타령을 하는 여우의 모습이 사랑스럽다.

+ 여우의 밥 사랑은 아무래도 유전인 것 같다. 여우의 쌍둥이 형제인 레모나(암컷, 백시바)와 뽕뽕이(수컷, 블랙탄)도 다 밥에 진심이어서 포동포동한 외형을 유지하고 있다. 어쩌면 여우 형제들만의 사랑스러운 특징일지도 모른다. 🐾

여우가 살이 안빠지는 이유!

진드기와의 전쟁

도시에 살 땐 곰이, 탱이, 여우랑 산책 나가는 게 귀찮을 때가 많았다. 하루에 두세 번 나가는 산책이 그냥 공원 한 바퀴 돌고 오는 단순 반복 노동, 아니 일상이었다. 공원은 늘 정리정돈되어 있었고 산책로는 반질반질한 아스팔트 길이었다. 나무도 가지런히 다듬어져 있었고 정기적인 방역 덕분에 해충 같은 건 거의 없었다. 산책할 때 가끔 다른 개들이 지나가면서 "월! 월!" 하고 시비 거는 것만 빼면 평화로운 일상이었다.

그러다 제주로 이사하면서 모든 게 확 바뀌었다. 처음엔 완전 신세계였다. 탁 트인 하늘, 끝없이 펼쳐진 들판, 바다 내음 가득한 해변길 하나하나가 다 새로웠다. 울퉁불퉁한 흙길과 돌길도 도시공원과는 차원이 다른 매력이 있었다. 산책길 숲속에 숨어 있던 장끼가 푸드드득 요란한 소리를 내며 날아가고 딱따구리가 딱딱딱 나무 쪼는 소리를 듣는 게 좋았다. 곰이, 탱이, 여우는 바닷가에서 모래 팡팡 차고 냄새 킁킁 맡으면서 놀았고, 나는 그 모습을 보면서 '와… 제주 오길 진짜 잘했다!'라고 생각했다. 하지만 행복은 오래가지 않았다.

그날도 신나게 산책하던 중이었다. 여우 털끝에 까만 점들이 바쁘게 움직이는 게 보였다. 아니길 바랐지만 역시나 진드기였다. 그것도 한 마리가 아니라 수십 마리!
손으로 떼보려고 했는데 너무 작고 숫자가 많아서 다 떼어낼 수 없었다. 우리 집 삼시바들은 시바견 특유의 빽빽한 이중 모 덕분에 몸 부분은 쉽게 물리지 않는다. 하지만 시간이 지나면 진드기들이 눈, 입, 귓속 같은 연약한 부위로 이동해 물기 때문에 꼭 떼어내야 한다. 게다가 강아지 털에서 떨어져나온 진드기가 사람 몸에 올라붙으면 사람도 물릴 수 있기 때문에 집에 들어가기 전에 반드시 제거해야 한다.

결국 내 걱정이 현실이 됐다. 우리가 간 한담해안산책로는 유명한 관광지라 방역이 잘되어 있을 거라 방심했다. 평소보다 진드기 검사를 대충했는데 이게 화근이었다. 그날따라 솜이가 밤새 곰이를 꼭 안고 잤고 다음 날 아침 솜이 머리에서 피를 양껏 빨아먹은 오동통한 진드기를 발견했다.

세상에… 우리 애가 이제 겨우 세 살인데! 그 작은 머리에 진드기가 붙었다니!

혹시 '살인 진드기'면 어쩌지? 이건 생각할수록 공포 그 자체였다. 바로 응급실로 달려갔는데 하필이면 의료 파업 중이라 대기 시간이 길었다. 인터넷으로 정보를 찾아보면서 마음 졸이며 기다렸고 반나절 만에 겨우 진료를 받았다. 다행히 의사 선생님이 보시더니 큰 문제는 없어 보인다고 하셨다(살인 진드기의 경우 물린 부분이 붉고 딱딱하게 부어오른다고 하셨는데 솜이의 경우는 부은 자국이 없고 그저 딱지만 있었다). 그래도 혹시 모르니까 잠복기인 2주 동안 경과를 지켜보자고 했다.

그날 이후 내 산책 준비는 완전 군대식이 됐다. 이제 곰탱여우 털에 해충 기피제 뿌리는 건 기본이고 산책에서 돌아오면 바로 빗질하고 털 사이를 샅샅이 검사한다. 필요하면 목욕까지 시킨다. 처음엔 솔직히 너무 귀찮았는데 이제는 그냥 일상이 됐다[참고로 물을 뿌리면 숨어 있던 진드기들이 서둘러 다 기어 나온다. '시바 스크림(시바만의 독특한 비명 소리)'을 들으며 목욕시키고 엄청난 양의 털을 말리고…. 해야 할 일이 많지만, 진드기 제거하기엔 최고의 방법이다].

자연 속 산책이 이제 예전처럼 마냥 낭만적이진 않다. 대신 책임감과 준비성이 필수다. 하지만 그렇다고 제주에서의 산책이 싫어진 것은 아니다. 예전엔 그냥 걷기만 했던 산책이 이제는 자연을 온몸으로 느끼는 시간이 됐다. 경쾌하게 울려 퍼지는 새소리, 바람에 살랑이는 나뭇잎 소리, 곰이, 탱이, 여우가 자유롭게 뛰어노는 모습. 그리고 진드기 검사를 마친 삼시바가 옹기종기 내 옆에 누워 쉴 때면, '아, 이게 진짜 힐링이지' 싶다.

이젠 산책이 그저 걷는 일이 아니다. 곰이, 탱이, 여우와 함께 자연을 즐기고, 보살피고, 함께 살아가는 과정이 됐다. 🐾

산책하고 싶은 삼시바의 표현법

곰이, 탱이, 여우는 산책하고 싶을 때마다 각자 개성 넘치는 방식으로 신호를 보낸다. 모두 실외 배변을 선호하는 깔끔한 성격 덕분에 눈이 오나 태풍이 몰아치나 아침저녁 산책은 필수다. 정기적인 산책 시간 외에도 세 마리의 시바견은 필요할 때마다 자신만의 독특한 '나가자' 신호를 보내곤 하는데 흥미로운 점은 똑같은 시바견이면서도 세 마리 모두 전혀 다른 방식으로 의사를 표현한다는 것이다.

가장 먼저 곰이는 문자 그대로 내게 '말'하는 스타일이다. 내가 자고 있을 때 곰이의 화장실이 급해지면 조용히 기다리는 법이 없다. 앞발로 내 몸을 펀치해서 깨운 뒤 나를 빤히 쳐다보며 특유의 '꾸꾸꾸~' 구슬픈 소리

로 노래를 부른다.

작고 처량한 그 소리는 듣는 이를 결코 무시할 수 없게 만든다. 내가 일을 하고 있을 때도, 나가고 싶어지면 의자 밑으로 와서 꾸꾸꾸 노래를 부르며 현관문과 나를 번갈아 바라본다. 이것이 곰이만의 확실한 '나가자' 신호다.

한편 탱이는 비교적 참을성이 많다. 하지만 정말 급할 때는 특유의 사이렌 같은 앓는 듯한 소리를 낸다. 삐익삐익 울어대는 그 소리는 단 한 번만 들어도 심각한 상황임을 알게 한다. 그렇게 한바탕 앓는 소리를 내고 나면 문 앞으로 빠르게 돌진해 신속히 나갈 준비를 한다. '지금 안 나가면 큰일 난다'라는 듯한 그의 행동은 말이 필요 없는 명확한 신호다.

여우는 조금 다르다. 산책이 가고 싶으면 조용히 내 곁으로 와 손을 핥기 시작한다. 처음엔 단순히 애교를 부리는 줄 알았다. 하지만 손이 축축해질 정도로 집요하게 핥는 여우를 보며 이건 분명 뭔가 요구하는 것이라는 걸 알게 되었다.
"여우야, 왜 그래?" 하고 물으면 여우는 조용히 마당으로 나가는 문 앞으로 가서 나를 바라본다. 그 또렷하고 확고한 눈빛은 "나가고 싶다"라는 강력한 의사 표현이다.

곰이, 탱이, 여우는 산책뿐만 아니라 다른 요구를 전달할 때도 각양각색으로 표현한다.

곰이는 물그릇이 비었을 때 앞발로 그릇을 파며 '물이 필요하다'라는 신호를 보낸다. 탱이는 그릇 앞에 조용히 서서 기다리다 물이 채워지면 우아하게 마시기 시작한다. 반면 여우는 물그릇이 비면 기다리는 대신 소리를 꽥 지르고 그릇을 앞발로 엎어버린다. 그렇게 유리그릇 굴러가는 소리가 온 집안을 울리면 자연스레 사람들은 관심을 갖게 된다. 그 소리가 효과적임을 깨달은 이후 여우는 물이 필요할 때마다 이 방법을 자주 사용한다(이럴 때 보면 여우가 사실 똑똑한데 평소에 바보인 척하는 건 아닐까? 의심이 들기도 한다).

간식이 먹고 싶을 때 탱이는 두 발로 서서 앞발을 허우적대며 앙칼진 소리로 나를 부른다. 그 귀여운 행동을 보면 누구라도 간식을 안 줄 수가 없다. 여우는 밥시간이 조금만 늦어져도 집 안을 돌아다니며 "악악" 소리를 내며 배고픔을 표현한다. 참을 수 없을 때는 밥그릇을 물어서 던지거나 휴지를 물어뜯으며 강력히 요구하기도 한다. 평소에는 천사 같은 여우지만 밥시간만큼은 절대 타협하지 않는다.

곰이, 탱이, 여우가 보내는 각각의 신호들은 마치 세 친구가 각기 다른 언어로 말을 거는 것 같다. 내 곁에 꼭 붙어 앉아 있거나 누워 있는 곰이는 "괜찮아, 내가 여기 있어. 항상 곁에 있을게"라고 말하는 것 같다. 곰이의 온기는 내가 외롭거나 지쳤을 때 언제나 마음을 따뜻하게 감싸준다.

조용히 같은 자리에 누워 가끔씩 나를 바라보는 탱이의 든든한 시선은 "난 여기 있어. 네가 필요할 때 언제든지 나를 불러"라고 말하는 것 같다. 탱이는 마치 버팀목처럼 내 마음에 안정감을 준다.

그리고 여우는 넘치는 에너지와 생동감으로 나에게 다가와 묻는다.

'오늘은 어땠어? 내 장난 좀 받아줄래? 놀아줄 거야?'

그 장난기 넘치는 몸짓은 하루의 피로를 한순간에 잊게 만드는 웃음 버튼이 된다. 여우의 활기찬 에너지는 언제나 내게 긍정적인 힘을 준다.

우리는 언어가 다르지만 서로 마음으로 소통한다. 곰이의 조용한 위로, 탱이의 든직한 안정감, 여우의 천진난만한 활력. 이 세 가지가 한데 어우러져 내 하루를 가득 채운다. 이 순간들이 특별하다거나 거창하지는 않지만, 이 평범한 일상 안에 숨겨진 소중함을 느낄 때면 마음 한구석이 따뜻해진다.

이 평범함이 너무나 고마워서 이 시간이 더 오래 지속되길 바라본다. 곰이, 탱이, 여우와 함께하는 매 순간이 쌓여 만들어진 이야기를 이 아이들이 그리울 때 웃으며 꺼내 볼 수 있으면 좋겠다. 🐾

쪼곰이는 위험 감지견

곰이, 탱이, 여우는 새로운 곳을 탐험하는 걸 무척 좋아한다. 그래서 오전에 간 산책 코스를 오후에 다시 가려 하면 "안 가시바!"라고 짜증을 내며 당당하게 산책을 거부하기도 한다. 다른 개들은 나가기만 하면 신나게 뛰어다니며 산책을 즐기는데, 이 녀석들은 매일 산책을 하다 보니 호강에 겨웠는지 매번 새롭고 재미있는 코스를 원한다.

안 가겠다고 버티는 시바들과 힘겹게 줄다리기를 하며 걸을 순 없으니 웬만하면 새로운 길을 찾아보려고 노력한다.

안 가시바!

도시에 살 때는 아무리 크고 넓은 공원이라도 매일 가는 건 싫다고 시위를 하는 통에 이 공원, 저 공원 투어를 다녔다(정말 수도권에 있는 공원이란 공원은 다 가본 것 같다). 이제는 제주에 살게 되었으니 올레길을 걸어보는 것도 재미있을 것 같아 올레길 탐방을 결심했다. 올레길은 26개의 코스가 제주를 한 바퀴 두르며 바다, 산, 숲, 그리고 마을로 연결되어 있어 제주의 숨결을 구석구석 찬찬히 느낄 수 있다.

바다부터 시작되는 올레길에 들어서면 어느 순간 제주의 바닷바람이 얼굴을 스친다. 해안가의 거친 파도 소리가 귓가에 넘실대고 숲의 향긋한 공기 속에서 자연의 신비에 빠질 때쯤, 작은 마을 길이 나타나 소박한 풍경을 마주하게 된다.

호연이와 나는 마을 길 걷는 걸 특히 좋아한다. 낮은 담장 사이로 보이는 각 집 마당엔 제주 사람들의 삶이 녹아 있다. 다들 어떻게 사나 둘러보며,

나는 이곳에서 어떻게 살아가야 할지 고민도 해본다. 길을 걸으면 제주의 일상에 천천히 스며드는 것 같다.

리모델링한 감성 넘치는 제주 숙소들을 마을 길에서 발견하곤 "아, 이 집 참 예쁘다! 나도 이런 집 하나 있으면 좋겠다!" 하며 호연이와 한참 수다를 떨고 있을 때였다. 엉덩이를 흔들며 잘 걷던 쪼곰이가 갑자기 걷기 싫다고 자리에 주저앉아버렸다. 호연이와 나는 '쪼곰이 저 녀석 걷기 귀찮다고 또 투정 부리나 보다'라고 생각해서 "아직 충분히 걷지 않았는데 도대체 왜 그러는 거야? 운동 많이 해야 살도 빠지지!"라며 다그쳤다.
그렇게 쪼곰이를 잡아당기며 줄다리기하던 그때! 목줄을 하고 있는 큰 개가 멍멍 짖고, 행동 대장처럼 보이는 작은 개가 우리에게 달려오며 왈왈왈 맹렬하게 짖어댔다.

연약한 도시 출신 삼시바와 집사들은 혼비백산이 되어 허둥대기 시작했다. 호연이는 일단 세 마리를 데리고 뛰어서 왔던 길로 되돌아갔고, 나는 작은 녀석을 맡아서 삼시바에게 다가가지 못하게 몸으로 막았다.

"자, 덤벼라 꼬맹아! 삼시바는 내가 지킨다!"라는 비장한 마음으로 나는 작은 개와 기싸움을 벌였다. 그러자 이 개는 더는 다가오지 않고 나와의 기싸움만 이어갔다.

맹렬했던 작은 개는 곰탱여우가 자신의 영역을 벗어난 것을 확인하자 다시 집으로 돌아갔다. 탱이는 분이 아직 덜 풀렸는지 아빠의 손에 이끌려 오면서도 턱을 치켜세우고 날카로운 표정으로 개들이 튀어나왔던 곳을 응시하고 있었다.

곰이는 무섭다고 꾸꾸 대고 여우는 곰이와 탱이를 향해 왕왕 짖으며 진정하라고 소리쳤다(그런데 여우야, 네가 더 흥분한 것 같아! 너부터 좀 가라앉혀라).

그 순간, 혹시 사고가 날까 봐 나는 정말 긴장했다. 다행히 아무도 다치지 않았고, 안전하게 상황이 종료되어 안도감이 밀려왔다.

곰이는 양평에 살 때 갑자기 튀어나온 동네 개에게 물려 뒷다리 수술을 받은 적이 있다. 아파서 덜덜 떠는 곰이를 품에 안고 나는 양평에서 하남까지 큰 병원을 찾아갔다. 수술하는 동안, 초조한 마음으로 곰이가 빨리 회복하길 얼마나 기도했는지 모른다.

그 작은 몸이 힘들어하는 모습을 지켜보는 게 너무 마음이 아프고 미안했다. 그날은 곰이에게도 나에게도 결코 잊을 수 없는 아픈 기억으로 남아 있다.

곰이는 원래 겁이 많았지만 그 일이 있고 나서 더 예민해지고 경계심이 많아졌다. 낯선 개의 냄새라도 맡으면 긴장해서 주위를 두리번거렸다. 이번 올레길 산책에서 곰이가 길에 주저앉은 것은 단순히 걷기 싫어서가

도시 개 처음 보냐개?

아니라 그때의 트라우마 때문이었을지도 모른다는 생각이 들었다. 운동이 필요하다며 빨리 가자고 곰이를 다그친 게 미안해졌다.

그 이후로는 동네보다는 개들이 없는 숲이나 바닷가 위주로 올레길을 걷고 있다. 올레길을 걸으며 곰이의 몸과 마음이 더 단단해지게 되면, 그때 다시 동네 산책에 도전하려고 한다. 🐾

무뚝뚝한 탱이의 행복

진드기를 피하려고 방역이 잘된 관광지를 중심으로 산책을 다니다 보니 제주를 찾은 여행객들과 자주 마주치게 된다. 여행 중이라 그런지 관광지에서 만나는 사람들은 대개 기분이 좋아 보인다. 사람들의 얼굴에는 설렘과 행복이 가득하고 자연스럽게 곰이, 탱이, 여우에게도 따뜻한 관심과 애정을 보내곤 한다. 아이들도 그런 사랑을 온몸으로 느끼는 듯하다.

다가오는 사람들의 손길에 반갑게 꼬리를 흔들고, 환한 미소로 화답한다. 그런 모습을 보고 있으면 나도 모르게 미소가 번진다. 탱이는 특히 낯선 사람들의 애정을 쉽게 받아들이는 아이다. 처음 보는 사람이라도 마치 오래 알던 가족처럼 반갑게 다가가고 한껏 기분이 좋아지면 온몸으로 그 행복을 표현한다. 사람들 사이를 살랑살랑 오가며 엉덩이를 흔드는 탱이를 보고 있으면 이 순간이 탱이에게도 정말 특별하다는 걸 느낄 수 있다.

사실 육지에 살 때도 탱이는 사람들의 관심을 무척 좋아했다. 특히 예쁜 누나를 만나면 신이 나서 꼬리를 더 빠르게 흔들고, 눈을 반짝이며 다가가곤 했다. 제주에 와서는 이런 순간이 훨씬 더 많아졌다. 여행객들이 반갑게 다가와 쓰다듬어 주고, 사진을 찍으며 예쁘다고 해줄 때마다 탱이는 온몸으로 기쁨을 표현했다. 꼬리를 크게 흔들고, 엉덩이를 살짝 들썩이며 더욱 애교 넘치는 모습으로 응답하는 모습이 마치 "나 더 예뻐해 주세요!"라고 말하는 것 같았다.

탱이는 한번 정을 준 사람을 절대 잊지 않는다. 아기 시절 간식을 챙겨주던 아차산 화장품집 사장님, 송도에서 살 때 매일 탱이를 예뻐해주던 커피 누나…. 가족이 아니어도, 한번 맺은 인연을 소중히 기억하고 최선을 다해 사랑하는 우리 탱이. 무뚝뚝한 줄만 알았던 탱이의 깊은 마음을 볼 때마다 나도 괜스레 마음이 따뜻해진다.

제주로 이사 온 후 어릴 때 탱이를 교육해주셨던 훈련사 선생님이 첫 손님으로 우리 집을 찾아왔을 때도 마찬가지였다. 벌써 9년째 이어진 인연. 자주 보진 않아도 탱이는 선생님을 잊지 않는다. 선생님이 집에 들어오시자마자 탱이는 평소와 전혀 다른 모습이 된다. 마치 오랜 가족을 만난 듯 온몸으로 기쁨을 표현한다.

점프해서 뽀뽀를 하고 평소에는 좀처럼 흔들지 않던 꼬리도 모터 달린 듯 쉼 없이 흔들어댔다. 얼마나 반가웠는지 늘 조용히 누워만 있던 탱이가 웃는 얼굴로 줄곧 마당 잔디밭을 이리저리 뛰어다녔다. 평소라면 잠깐 반기다가 다시 제자리로 돌아갔을 텐데 이번엔 달랐다. 마치 집을 자랑이라도 하고 싶은 듯 선생님의 다리를 붙잡고 여기저기로 끌고 다녔다.

탱이는 다섯 아이 중 가장 먼저 나를 찾아와 준 아이다. 그래서일까 탱이를 생각하면 늘 미안함과 고마움이 함께 떠오른다. 곰이나 여우처럼 자기 것을 확실히 챙기는 성격이었다면 내 마음의 짐이 덜했을지도 모르겠다. 하지만 탱이는 그런 스타일이 아니었다. 엄마, 아빠의 사랑이 동생들에게 더 많이 가는 순간에도 묵묵히 뒤에서 지켜보기만 했다. 그래서 탱이가 사람들에게 사랑을 듬뿍 받으며 행복해하는 모습을 볼 때마다 그분들께 감사한 마음이 든다.

그렇게 매일 사랑을 충전해서인 걸까? 제주에 온 뒤로 탱이는 한층 더 활기 넘치는 것 같다. 사랑의 에너지를 가득 머금고 하루하루가 더욱 빛나는 듯하다. 요즘 들어 탱이가 더 잘생기고 귀여워 보이는 건 내 눈에 필터가 껴서일까? 하지만 "탱이가 전보다 건강해 보인다"라는 댓글이 달리는 걸 보면 확실히 제주 생활이 탱이에게 긍정적인 변화를 준 것만 같다. 🐾

제주에 와서 더 잘생겨진 것처럼
보이는 건 착각일까?

여우에게서 배우다

바닷가에 산책 올 때마다 여우는 다섯 살짜리 어린아이처럼 신나게 뛰어다니며 모래를 파고 또 판다. 세상 해맑은 표정으로 땅을 파는 여우! 앞발로 모래를 우다다다 파다가도 문득 멈춰서 꾹꾹 눌러보기도 하고, 이쪽 구덩이를 팠다가 아무 이유도 없이 옆으로 옮겨 또 다른 구덩이를 파기도 한다.

코에 모래가 잔뜩 묻어도 전혀 개의치 않고 땅파기에 열정을 다 쏟아붓는 그 모습은 이상할 만큼 진지하고 또 즐거워 보인다. 왜 그렇게 열심히 땅을 파고 또 파는 걸까? 무슨 보물이 숨겨져 있는 것도 아닌데 땅 파는 여우의 얼굴이 마냥 행복해 보인다.

그런 모습을 지켜보는 곰이와 탱이는 마냥 철없이 노는 여우에게 눈치를 준다. 등을 돌려 집에 가자고 무언의 압박을 보내는 탱이와 '꾸꾸꾸' 소리를 내며 투덜거리는 곰이는 쓸데없는 짓만 하는 여우가 이해되지 않는 표정이다.

하지만 여우는 개의치 않고 자신이 원하는 대로 마음껏 뛰어다니며 모래를 판다. 어린아이의 놀이처럼 목적도 성취도 없는 그 단순한 행동에 진심을 다한다.

여우의 모습을 보면 삶의 의미에 대해 다시 생각하게 된다. 결과나 목표, 성과 없이 단순히 순간의 즐거움을 위해 몰입할 수 있는 일이 우리에게 얼마나 있을까? 나이가 들고 결혼하고 아이들이 생기면서 나는 점차 '어른'이 되어 갔다. 어른이 되면서 책임이 커졌고, 의미 없는 행동을 하거나 순수하게 즐거움을 추구하는 게 점점 더 어려워졌다.

결과가 보이지 않는 일에 시간을 쓰기엔 이미 많은 기대와 책임이 우리의 어깨를 짓누르고 있다. 그래서 여우처럼 그저 순간을 온전히 즐기고 좋아하는 일을 마음껏 할 수 있는 자유가 있다면, 삶은 더 풍요로워지지 않을까? 하는 생각이 들었다.

한때 나도 여우처럼 산 적이 있다. 어릴 적에는 좋아하는 일을 하며 단순한 기쁨을 찾는 데 몰두했다. 결과가 어떻게 나올지 계산하지 않았고, 그저 내가 하고 싶은 일을 마음껏 하며 살았다. 가령, 시바견을 좋아하는 사

람들과 어울리고 싶어서 운동장을 빌려 큰 모임을 열기도 했고, 그림 그리는 걸 좋아해서 곰이와 탱이, 여우의 캐릭터를 그리기도 했다.

돌이켜 보면 그 모든 일들은 단순히 나에게 기쁨을 주는 일들이었고, 돈을 벌거나 성취를 이루려는 목적은 없었다. 여우가 땅을 파듯, 나 역시 마음 가는 대로 했던 일들이었고 그 자체로 충분히 행복했다.

그러나 시간이 지나면서 삶에 대한 생각이 변해갔다. 이제 가족과 아이들을 책임져야 하고, 그들을 위해 뭔가 해야 한다는 의무감이 생기면서 하고 싶은 일을 마음껏 하는 데 현실적 제약이 생겼다. 결국 무언가를 시작하기 전에 자연스럽게 계산을 하게 되었고 '이제 나는 여우처럼 자유롭게 살기는 힘들겠구나' 하는 생각이 들었다.

'이걸 하면 어떤 득이 있을까?' '재미있어 보이긴 하지만 실질적인 도움이 될까?' 같은 질문들이 일상이 되어버렸다. 예전엔 즉흥적으로 하고 싶은 일에 뛰어들었지만, 이제는 스스로 절제하며 해야 할 일을 우선시하게 되었다.

때로는 여전히 하고 싶은 일들이 머릿속을 스치지만, 실행에 옮기지 못하고 그저 흘려보내곤 한다. 예를 들어, 곰이와 탱이, 여우의 얼굴을 그려 그릇에 담아보면 어떨까, 피규어를 만들어보면 어떨까 하는 생각을 할 때도 있다. 제주의 시바 견주들을 모아 함께 노는 모임을 해보는 건 어떨까 하는 상상도 한다. 하지만 그 생각들은 결국 밀린 집안일이나 업무 앞에서 사라져버린다. 그럴 때마다 나는 다시 현실로 돌아오고, 해야 할 일에 집중하게 된다. 여우처럼 아무런 계산 없이 무언가에 몰입할 자유는 더 이상 쉽게 허락되지 않는다.

그렇지만 가끔씩 여우의 천진난만한 모습에 부러움을 느낀다. 과연 여유가 생기면 여우처럼 목적과 상관없이, 그저 순간의 기쁨을 위해 하고 싶은 일을 할 수 있을까? 아니면 '여유'라는 것 자체가 애초에 환상이고, 결국 나 스스로 짬을 내야만 가능한 걸까?
지금 당장은 여우처럼 살아가기엔 해야 할 일이 많고, 돌봐야 할 아이들도 많다. 곰이, 탱이, 여우, 솜이, 노랑이. 아이만 다섯이다. 여유를 가지려 해도 시간은 늘 부족하고, 내가 하고 싶은 일들은 저 멀리 밀려난 지 오래다.

하지만 그럴 때마다 모래를 파며 행복해하는 여우의 얼굴을 떠올려본다. 목적도 의미도 없이 그저 자신이 좋아하는 일을 하다가 흙투성이가 된 해맑은 얼굴에는 자유가 담겨 있다. 나는 여전히 가족을 위해, 또 내 삶을 위해 계산된 행동을 하며 살아가지만, 여우의 자유로운 얼굴만큼은 마음속에 품고 있다.

그저 지금 이 순간에 몰입하며 살아갈 수 있는 용기. 언젠가 이 자유를 다시금 내 삶으로 찾아올 수 있기를 바란다. 🐾

숨바꼭질 천재

곰이는 원래 어릴 때부터 어딘가에 숨어 있거나 들어가 있는 걸 좋아하는 아이였다. 침대 밑이나 집 안 구석에 숨어서 눈만 반짝이던 모습이 아직도 생생하다. 그런 곰이를 위해 곰이만의 공간을 만들어주고 싶어서 첫 집을 마련해준 게 지붕이 분홍색인 작은 집이었다.

처음엔 낯설어하지 않을까 걱정했지만 그건 쓸데없는 기우였다. 곰이는 자신만의 아늑한 공간을 아주 마음에 들어 했고, 분홍 집 안에서 웅크려 쉬거나 배를 뒤집고 자는 모습을 자주 보였다. 심지어 곰이 나름의 보물들도 그 안에 몰래 숨겨두곤 했다.
내 애플 펜슬이 잘근잘근 씹힌 채로 발견된 것도 그 집 안이다. 간식을 줘도 굳이 그 집 안으로 가져가 천천히 맛있게 먹곤 했던 곰이였다.

할아버지, 할머니와 함께 살던 큰집에서 곰이는 진정한 '멍멍이계 부동산 큰손'으로 이름을 날렸다. 집 안 곳곳에 곰이를 위한 다양한 집들이 마련되었는데 주사위 모양의 집부터 모던한 유럽풍 디자인의 집까지 무려 다섯 채의 집을 소유했다.
하지만 제주로 이사 오면서 공간 제약으로 인해 대부분의 집들을 정리해야 했다. 다행히 곰이가 가장 좋아했던 분홍 지붕 집만큼은 끝까지 챙겨 왔고 지금도 그 집은 곰이에게 특별한 공간이다.

분홍 지붕 집은 여전히 곰이의 아늑한 안식처다. 낮잠을 자거나 간식을 먹을 때, 혹은 탱이나 여우가 곰이를 귀찮게 할 때도 곰이는 슬그머니 집 안으로 들어가 조용히 쉬곤 한다.
그 집에 있을 때는 아무도 곰이를 방해하지 않는 것이 우리 집의 철칙이다. 덕분에 곰이는 그 공간을 온전히 자신의 것으로 느끼며 마음 편히 쉴 수 있었다. 하지만 어느 날 그 평화로운 안식에 위기가 찾아왔다.

그날은 평소처럼 솜이, 랑이를 어린이집에 데려다주고 곰이, 탱이, 여우만 집에 두고 잠깐 외출했던 날이었다. 집에 돌아와보니 탱이와 여우가 활기차게 달려와 반겼지만 곰이는 보이지 않았다. 곰이가 잘 있을 만한 곳을 샅샅이 찾아봐도 어디에도 없었다. 분홍 지붕 집 안에도, 평소 곰이가 자주 누워 있던 곳에도 곰이의 모습은 보이지 않았다. 순간 머리가 하얘지며 심장이 철렁 내려앉았다.

'곰이가 사라졌다!'

곰이는 제주로 이사 왔을 때 한 번 목욕을 거부하며 가출한 적이 있었다. 그때 옆집 주차장에서 발견했던 기억이 떠올라 혹시 이번에도 탈출한 건 아닐까 하는 불안감이 엄습했다. 집 밖으로 나갈 준비를 하려던 찰나 어디선가 희미하게 "꾸꾸꾸" 하는 소리가 들렸다. 소리가 나는 쪽으로 귀를 기울이니 세탁실 방향이었다.

곰이 소리가 나는 걸 보니 일단 집을 나간 건 아닌 듯했다. 안도감에 한결 가슴이 놓였지만 세탁실은 곰이가 특별히 숨을 곳이 없는 곳이었다. 그래도 혹시나 하는 마음에 한참을 뒤져봤지만 곰이는 보이지 않았다. 설마 세탁기 안에 들어간 건 아닐까 하고 세탁기를 열어도 거기엔 곰이가 없었다. 정말로 미치고 환장할 노릇이었다. 소리는 분명히 들리는데 곰이는 보이지 않았다.

그러다 문득 건조기 뒤쪽이 좀 이상하다는 느낌이 들었다. 설마 하는 마음으로 고개를 들이밀고 살펴보니 어둠 속에서 곰이의 반짝이는 눈이 나를 보고 있었다.

"곰이야, 거기에 어떻게 들어간 거야!"

그 자리는 평소엔 아무도 신경 쓰지 않을 만큼 좁고 어두운 곳이었다. 다른 개라면 절대 들어갈 엄두조차 내지 못할 공간이었다. 그런데 우리 쪼꼬미 곰이가 그 어려운 일을 해내다니, 웃음이 나면서도 황당했다. 막상 들어가고 보니 다시 나올 수 없었던 모양인지 곰이는 나를 보며 서글픈 얼굴을 하고 있었다.

간신히 곰이를 꺼내서 안아주니 얼마나 안심했는지 곰이는 격하게 나를 반기며 입술을 핥았고, 물그릇에 코를 박고 물을 한참이나 마셨다. 그러고는 내 옆에 꼭 붙어 떨어지려 하지 않았다. 도대체 무슨 일로 그곳에 숨어 들었는지 궁금했다.

곰이를 바라보며 한참 생각해보니 이유는 분명했다. 바로 파리 때문이었다. 요즘 집 안에 파리가 심하게 들끓어서 모두 짜증이 날 정도였다. 특히 곰이는 벌레를 무서워하는 성격인데, 파리가 분홍 지붕 집 안까지 날아들어서 곰이를 괴롭혔던 게 분명했다. 편해야 할 공간에 파리가 침입하니 겁을 먹고 쫓기듯 세탁실로 숨어든 것 같았다.

그날 나는 무슨 일이 있어도 이놈의 파리들을 모두 잡겠다고 결심했다. 전자 파리채를 들고 집 구석구석을 뒤져가며 하나하나 때려잡았다. 한 시간쯤 걸려 열 마리가 넘는 파리를 처치했다.

"곰이야, 이제 괜찮아. 파리 없으니까 맘 놓고 분홍 집에서 쉬어."

지금도 그곳에 쏙 들어가 있으면 한껏 얼굴이 편안해지는 곰이를 보며, 나는 그날 이후로도 분홍 집이 곰이에게 평화로운 공간으로 남을 수 있도록 신경 쓰고 있다.

곰이만의 휴식 공간이 있다는 게 다행이고, 조금 부럽기도 하다. 세상에서 잠시 벗어나 온전히 쉴 수 있는 나만의 공간이 있다면 얼마나 좋을까. 아이들이 다 크고 나면 나도 곰이처럼 아늑한 공간을 만들 수 있겠지? 🐾

미안해 여우야

주말에 손님들이 놀러 왔다. 곰이, 탱이, 여우, 우리 집의 정 많은 삼시바는 이 상황이 익숙하다. 손님들이 올 때마다 자기들을 예뻐하리란 걸 알기 때문에 손님 방문을 무척이나 좋아한다.

손님이 대문을 들어오기 전부터 각자의 방식으로 손님맞이를 준비한다. 여우는 손님이 오자마자 우렁차게 "멍멍멍!" 짖으며 열정적으로 환영 인사를 건넨다. 처음 본 사람이라면 여우의 강렬한 목소리를 경계로 오해할 수도 있지만, 사실 그 안에는 숨길 수 없는 반가움과 흥분이 담겨 있다. 여우는 "어서오세요! 우리 집에 온 걸 환영한다개!"라고 말하는 셈이다.

하지만 여우의 환영식은 여기서 끝나지 않는다. 여우는 손님들의 시선을 곰이와 탱이에게 빼앗길세라 귀를 바짝 접고 꼬리를 힘차게 흔들며 이 사람, 저 사람에게 열심히 뽀뽀를 한다. 질투심 많은 여우는 온몸으로 '나를 더 사랑해달라!' 하는 메시지를 보내며 자신이 가장 사랑스러운 존재임을 어필한다.

탱이는 여우의 그런 질투 따위는 전혀 신경 쓰지 않는다. 손님이 오면 마치 오랫동안 그리워하던 가족을 다시 만난 것처럼 온몸으로 반가움을 표현한다. 문이 열리자마자 두 발로 서서 신나게 점프를 반복하며 환영을 한다. 탱이의 활기찬 모습은 손님들의 마음을 단번에 사로잡는다. 몇몇 손님은 "탱이는 우리가 올 걸 기다렸던 거 아니야?"라며 넘치는 에너지를 사랑스러운 눈으로 바라본다.

한편, 곰이는 탱이와 여우의 과도한 에너지가 부담스럽다. 두 마리의 등쌀에 몇 번 치이다가 슬그머니 방이나 곰이 집으로 들어가 조용히 때를 기다린다. 탱이와 여우의 요란한 인사가 끝나고 손님들이 조금 진정된 후에야 곰이는 모습을 드러낸다. 그리고 특유의 간드러지는 목소리로 "꾸오오오, 꾸오오오" 소리를 내며 인사를 건넨다. 곰이의 애절한 소리를 들은 손님들은 기다렸다는 듯 "오구오구, 곰이도 반가워!"라며 반갑게 곰이를 쓰다듬는다. 그제야 곰이는 만족스러운 표정을 지으며 손님들 곁에 천천히 다가가 앉는다.

곰이는 간드러지는 목소리로 인사를 건넨다.

탱이는 질투 따위는 신경 쓰지 않는다.

여우는 머리를 들이밀며 애교를 부린다.

그렇게 화려하고 정신없는 손님맞이가 끝나면 여우는 이 사람, 저 사람에게 다가가서 머리를 들이밀며 애교를 부린다. 손님들은 그 모습에 웃음을 터트리며 "여우는 진짜 사람 같아!"라고 말하곤 한다. 곰이는 태연하게 한 사람을 붙잡고 등을 긁어달라고 당당히 요청한다. 탱이는 그보다 조금 덜 적극적이지만 어딘가에서 조용히 앉아 귀여운 눈빛을 보내며 손님들의 관심을 끈다.

감사하게도 손님들은 귀여운 삼시바에 홀린 듯 한 마리씩 맡아 등도 긁어주고 같이 놀아주신다. 덕분에 오랜만에 만난 지인들과 즐거운 대화도 나누고 맛있는 저녁도 먹는다. '애개육아'를 잠시나마 내려놓을 수 있는 이 순간이 얼마나 소중한지 모른다.

시간이 흘러 손님들이 돌아갔다. 아이들을 씻기고 책을 읽어주며 평소와 다름없이 하루를 마무리했다. 그런데 누워서 잠들려던 순간 어디선가 앙앙 짖는 소리가 들렸다. 낯선 소리였다. 분명히 여우의 목소리인데 이상하게도 그 소리가 집 안이 아니라 밖에서 들렸다.

놀란 마음에 급히 거실로 뛰어나갔다. 그리고 창밖을 보자 여우가 마당 한가운데 앉아 있었다. 문을 열어달라며 있는 힘껏 짖는 모습이 어찌나 애처롭던지. "여우야! 무슨 일이야?" 나는 다급히 문을 열었다.

그제야 기억이 났다. 손님 중 한 분이 여우가 나가고 싶어 한다고 해서 문을 열어줬다고 한 것을! 여우는 그때부터 혼자 마당에 있었던 것이다. 손님들이 떠난 후에도, 내가 아이들을 씻기고 잠잘 준비를 하는 동안에도 여우는 계속 바깥에 있었던 것이다.

문이 열리자마자 여우는 쏜살 같이 안방으로 뛰어 들어했다. 그러고는 마치 모든 감정을 쏟아내는 듯 나에게 꼭 달라붙었다. 평소엔 더워서 멀찍이 떨어져 자곤 하던 여우가 그날은 끝까지 내 옆에 찰싹 붙어 있었다. 날도 추운데 긴 시간 혼자 있었으니 무서웠던 모양이다. 여우야 괜찮아, 괜찮아 하며 머리를 쓰다듬어줬다.

가뜩이나 더위를 많이 타는 여우에게 사람들로 북적이는 집안이 점점 답답하게 느껴졌을 것이다. 그래서 처음에는 시원한 바깥 공기에 이끌려 마당에서 기분 좋게 뛰어다녔겠지. 그러다가 시간이 지나 손님들이 떠나고 집이 조용해지고 밝게 켜져 있던 거실 조명마저 꺼지자 여우는 그제야 자신이 혼자 남았다는 사실을 깨달은 것이다.

여우가 가만히 앉아 문을 바라보며 '나 여기 있어요, 제발 열어주세요' 하고 짖었을 것을 상상하니 웃음이 나면서도 마음 한구석이 찡해졌다. 혼자 남아 무섭고 쓸쓸했을 여우를 생각하니 미안해졌다. 그날 밤, 여우는 내 품속에서 깊이 잠들었다. 나도 여우의 따뜻한 체온을 느끼며 잠들었다.

다음 날, 여우는 언제 그랬냐는 듯 다시 발랄하고 천진난만한 모습으로 돌아왔다. 하지만 나는 여우의 짧은 외로움을 잊지 못할 것 같다. 🐾

겨울 제주가 좋아

제주 한 달 살이를 세 번이나 했지만 겨울을 보내본 적은 한 번도 없었다. 첫 번째는 가을, 두 번째는 여름, 그리고 마지막 한 달은 봄. 겨울의 제주는 한 번도 경험해보지 못했고 이번이 처음이었다.

제주의 겨울은 생각보다 따뜻하다. 산의 나무들은 줄곧 푸르고 길가의 잔디도 초록빛이다. 빨간 동백꽃이 여기저기 피어 있고 성격 급한 유채꽃들도 노란 얼굴을 내민다. 한낮 기온은 대개 10도를 웃돌고 따뜻한 날엔 15~16도까지 오르기도 한다. 때로는 반팔 차림으로 다닐 만큼 포근한 날도 있다.

하지만 아무리 따뜻해도 겨울은 겨울인지라 여름 내내 지긋지긋하게 따라붙던 벌레들이 자취를 감춘다. 집을 비울 때마다 거실에 우글우글 나타났던 개미 떼도 겨울잠을 자러 갔는지 어느 순간부터 보이지 않는다. 여름엔 오름 근처만 다녀와도 곰이, 탱이, 여우의 몸에 진드기가 몇십 마리씩 들러붙어서 돌아왔는데 지금은 오름 정상까지 올라가도 단 한 마리도 눈에 띠지 않는다. 날은 따뜻한데 진드기 걱정 없이 산책할 수 있으니, 산책이 일상인 '산책업자'들에게 이보다 더 좋은 계절이 있을까.

이상하게도 따뜻한 곳에 살다 보면 눈에 대한 로망이 생긴다. 눈이 오면 불편한 일이 많지만 그래도 겨울이 되면 한 번쯤은 눈이 보고 싶어진다. 그럴 땐 한라산으로 가면 된다. 고도가 높은 한라산에는 겨울 내내 눈이 쌓여 있어 잘 녹지 않는다. 그래서 제주는 같은 시기에도 여러 계절을 동시에 느낄 수 있다. 추위를 느끼고 싶다면 한라산에 오르면 되고 따뜻함이 그리우면 서귀포로 가면 된다.

따뜻한 겨울 덕분에 나의 생활도 많이 달라졌다. 나는 원래 손발이 차고 추위를 많이 타는 체질이라 겨울만 되면 몸이 축 처지고 한 번 감기에 걸리면 일주일은 앓아눕는다.
몸이 얼어붙는 것처럼 굳어서 움직이기조차 싫어지고, 겨울이 깊어질수록 점점 더 게을러진다.
해야 할 일은 산더미 같은데 나는 마치 겨울잠을 자야 하는 곰처럼 점점 느려져만 갔다. 하지만 포근한 제주에서는 다르다. 날렵한 날다람쥐처럼 휙휙 일하고 이리저리 열심히 돌아다닌다. 일하는 걸 좋아하는 일중독자인 내게 이만한 계절이 따로 없다.

다행히도 곰이, 탱이, 여우도 나만큼 제주의 겨울을 즐기는 것 같다. 특히 여우가 가장 신이 났다. 여우는 곰이와 탱이보다 털이 많아서 여름을 힘들어한다. 한여름엔 너무 더운 나머지 매일 같이 바다와 계곡에 풍덩 뛰어들던 녀석이 겨울이 되자 선선한 바람이 반가운지 누구보다 신나게 걷는다. 자꾸만 더 걷자고 보채는 통에 내가 난감할 정도다.

곰이는 반대로 추위를 많이 탄다. 시바견은 원래 이중모 덕분에 추위에 강한 견종인데, 곰이는 어릴 때부터 겨울이면 오돌오돌 떨며 "추워요!" 하고 하찮은 소리를 질렀다. 그 모습이 귀엽기도 하고 안쓰럽기도 해서 나는 매번 점퍼 지퍼를 열어 곰이를 꼭 감싸 안아줬다. 이번 겨울을 대비해 곰이를 위한 꽃무늬 겨울옷도 준비해 뒀지만 제주의 따뜻한 날씨 덕분에 꺼낼 일이 거의 없다.

탱이는 검은 털을 가졌기에 여름이면 곰이와 여우보다 더운 햇볕을 많이 흡수한다. 그래서 산책 도중 너무 더워서 그대로 주저앉아 버리는 경우도 종종 있었다. 그럴 땐 몸에 물을 뿌려주거나 탱이를 안고 집으로 돌아오곤 했다. 하지만 겨울에는 뜨거운 햇볕도 후덥지근한 공기도 없으니 탱이가 퍼질 걱정 없이 신나게 산책할 수 있다.

제주에서 처음 맞는 겨울이 이렇게 좋을 줄은 몰랐다. 따뜻한 햇살 아래에서 가볍게 산책하고 진드기 걱정 없이 오름을 오르고, 한라산에 가서 겨울다운 풍경을 보고 오면 그걸로 충분하다. 곰탱여우가 신나게 뛰어놀고 나도 활기차게 움직이는 계절!
다음 겨울도 벌써 기다려진다! 🐾

쪼곰이의 진짜 정체!

3장

삼시바는 육아 마스터

엄마가 필요해

하루는 노랑이가 낮잠을 자고 나서는 울면서 일어났다. 자는 동안 열이 얼마나 올랐던 건지 양쪽 볼이 새빨갛게 달아올라 있었다.

칭얼대며 거실로 나오는 길에 열 때문에 머리가 무거운지 몇 걸음 가지도 못하고 바닥에 그대로 누워버렸다. 컵에 미지근한 물을 담아 건넸지만 고개조차 들지 못한 채 눈만 껌뻑거린다. 무슨 일인지 정확히는 모르겠지만 꽤나 단단히 탈이 난 모양이었다.

콤콤한 냄새가 난다. 탱이가 앞발을 들고 노랑이 기저귀에 코를 갖다 대더니 킁킁거리며 얼굴을 찡그린다. 급히 엉덩이를 확인해보니 설사를 잔뜩 해놓았다. 배탈이 나서 열이 난 건지 열이 나서 배탈이 난 건지 알 수 없지만, 상태가 좋지 않다는 것만이 분명했다.

곰이, 탱이, 여우, 솜이, 노랑이는 엄마 품에 안기는 걸 좋아하지 않는다. 웬만하면 스스로 하려고 하고 자신만의 시간과 공간이 필요한 독립적인 아이들이다. 그런데도 그 독립심 강한 김노랑이가 오늘은 엄마 껌딱지가 되어 딱 붙어 있다. 해야 할 일은 산더미처럼 쌓여 있는데 축 늘어져 내 등에 매달려 있으니 결국 나도 아무것도 못 하고 같이 누워버렸다.

곰이, 탱이, 여우, 솜이, 노랑이는 아프면 엄마를 찾는다. 솜이와 노랑이는 칭얼대며 나에게 바싹 붙어 있고, 곰이는 "꾸꾸꾸" 소리를 내며 다가와 안아달라고 조른다. 여우는 내 손과 발을 열심히 핥으며 자신의 아픔을 표현하고, 무뚝뚝한 탱이도 아플 때면 슬며시 내 몸에 등을 붙이고 잠을 청한다.

아이들이 아프면 일하는 게 사실상 불가능해서 매번 난감해진다. 그래도 이렇게 표현해주니 얼마나 다행인가. 아무 말 없이 구석에 틀어박혀 끙끙 앓고 있었다면 그 모습을 바라보는 내 마음이 훨씬 더 아팠을 거다. 이렇게라도 내게 의지해줘서 엄마를 찾아줘서 참 고맙고 다행이다.

아이들이 힘들 때 내가 든든하게 의지할 수 있는 사람이 되고 싶다. 그런

데 요즘 나는 여유가 부족하다. 그래서 때로는 짜증을 내기도 하고 신경을 못 써줄 때도 있다. 그때는 나만 바라보는 이 다섯 아이에게 미안한 마음이 든다.

더 정신을 차리고 조금 더 단단해져야겠다. 아이들이 기댈 수 있는 엄마가 되려면 나부터 무너지지 않아야 하니까! 🐾

평소 노랑이는 혼자서도 잘 논다.

철벽녀와 똥 봉루

나는 개 사료를 주로 인터넷으로 주문한다. 가격도 합리적이고 무엇보다 무거운 사료를 집 앞까지 배달해주니 정말 편리하다. 하지만 이번엔 일이 꼬였다. 사료가 도착해야 할 날이 지나도 오지 않았고, 배송 지연 알림 문자가 왔다. 이유는 바람이었다. 지난 이틀간 강풍이 불어 배가 뜨지 못해 택배가 밀린 것이다.

문제는 사료가 다 떨어지기 직전이었다는 것! 내일 아침이면 강아지들 밥그릇이 텅 비게 될 상황이었다. 곰이, 탱이, 여우, 이 삼시바가 아침부터 밥 달라고 짖어댈 걸 상상하니 가만히 있을 수가 없었다. 결국 나는 다음엔 일주일 이상 여유를 가지고 사료를 주문하기로 다짐하고, 차로 20분

거리인 집에서 가장 가까운 펫마트로 사료를 사러 나섰다.

사료를 골라서 계산대로 향했다. 처음엔 간단히 결제만 하고 나올 생각이었다. 그런데 점원이 먼저 말을 걸어왔다.

"주차 등록 도와드릴게요!"

나는 잠깐 멈칫하며 웃었다.

"앗, 괜찮아요! 다른 곳에서 이미 했어요."

사실 사료를 사기 전 같은 건물에 있는 음식점에서 식사를 하고 이미 주차 등록을 해둔 상태여서 추가 등록이 필요 없었다. 점원도 수긍하는 듯 고개를 끄덕였고, 이제 끝났나 싶었는데 아니었다!

"그럼 간식 서비스 드릴게요!"

나는 순간 고민했다. 간식을 받아야 하나? 하지만 이내 고개를 저으며 말했다.

"앗, 알레르기 때문에 못 먹어요."

우리 삼시바는 겉보기엔 튼튼하고 씩씩해 보이지만 사실 예민하기 이를
데 없다. 곰이는 가금류 단백질에 알레르기가 있고, 탱이는 소화기관이
약하다. 여우는 먹을 걸 가리지 않고 다 좋아하지만, 문제는 지금 너무 비
만인 상태라 웬만하면 살이 찌는 간식은 피해야 한다. 겉으론 철도 씹어
먹을 것 같은 시바들이지만 실상은 나약한 도시 출신 개들이다. 그래서
간식 하나를 선택할 때도 신중해야 한다. 점원이 제안한 간식은 우리 집
삼시바 모두에게 적합하지 않았다.

간단히 사료만 사고 나가려던 내 계획은, 두 번째 제안을 거절하며 이미
흔들리고 있었다. 하지만 점원은 물러서지 않았다.

"그럼 배변 패드 드릴게요!"

나는 다시 웃었다.

"앗, 저희 실외 배변해서 필요 없어요."

솔직히 배변 패드는 아주 가끔 필요하다. 그런데 이미 집에 여유분이 충
분히 쌓여 있었다. 안 그래도 좁은 집이 애견용품들로 가득 찼는데 더 쌓
아두고 싶진 않았다. 집에서 기다리고 있을 곰이, 탱이, 여우를 보러 사료
만 들고 빨리 나가야 한다는 생각으로 머릿속이 가득 찼다.

그런데 이쯤 되니 점원의 표정이 묘하게 변했다. 뭔가 승부욕이 불타오르는 것처럼 보였다. 마치 "과연 이것도 막아 낼 수 있을까?" 하는 의지가 느껴졌다. 친절하고 다정한 점원은 잠깐 생각하더니 마지막 카드를 꺼냈다.

"똥 봉투 드릴게요!"

나는 순간 당황했다. 그러다 작게 웃음을 터뜨렸다.

"앗, 그건 정말 필요해요."

결국 방어선이 무너지고 말았다. 점원은 승리의 미소를 지으며 똥 봉투를 건넸다.

한 손엔 사료, 다른 손엔 똥 봉투를 들고 펫마트를 나서며 나는 생각했다. '이렇게 철벽녀처럼 된 이유는 뭘까?'
아무래도 곰이, 탱이, 여우와 살면서 내 성격과 생활 패턴이 많이 바뀐 것 같다. 시바견은 정말 예민한 개다. 간식도 가려야 하고, 사료도 조심해야 한다. 산책 중엔 다른 개가 다가오기만 해도 으르렁거리며 경계한다. 이 삼시바의 예민함에 맞춰주느라 나도 모르게 모든 것에 점점 철벽을 치게 됐다. 이에 새로운 제안이나 권유를 쉽게 거절하게 됐고, 이제는 그게 습

관처럼 몸에 배었다.

하지만 방금 일어난 일을 돌아보니 철벽녀가 되었다는 건 나만의 착각일지도 모른다. 단단한 방어선이 똥 봉투 하나에 무너진 걸 보면 나는 철벽녀라기보단 똥 봉투를 꼭 필요로 하는 현실 견주에 가까운 것 같다.

삼시바와 함께 지내는 하루하루는 여전히 쉽지 않다. 알레르기 체크, 산책 중 다툼 방지, 그리고 예민한 밥 취향까지…! 하지만 이런 소소한 신경들이 결국 삼시바와의 추억을 풍요롭게 만든다.

오늘처럼 똥 봉투 한 장에 웃게 되는 순간들을 보면 철벽이라고 생각했던 게 무색하다. 다음 번 펫마트에 가면 점원이 또 뭘 권할까? 이제는 그것도 살짝 기대된다. 물론 다시 똥 봉투를 주셔도 정말 감사히 받겠지만. 🐾

시바도 편한 걸 안다개!

아이들이 뒹굴다가 잠드는 걸 기다리며, 등을 토닥이고 발을 주물러 달래다 보면 어느새 저녁 9시가 된다. 그제야 나는 살금살금 일어나 까치발을 세우고 조심히 방을 나선다. 드디어 '육퇴' 완료! 이제 내 출근 시간이다. 2층으로 올라가 낮에 미뤄뒀던 편집 작업을 하거나 글을 쓰고 책에 들어갈 삽화를 그릴 것이다. 역시 육아보다는 일할 때 더 신이 난다(아이들과 있으면 행복하지만 육아하는 동안은 내 기를 아이들에게 쪽쪽 빨리는 느낌이랄까?).

그렇게 설레는 마음으로 방을 나서는데 곰이와 여우가 스핑크스처럼 앉아 나를 빤히 쳐다보고 있었다.

"얘들아? 나는 2층에서 작업할 건데 같이 안 갈 거야?"

평소 곰이는 내 발밑에서 자는 걸 참 좋아한다. 내가 자다가 뒤척이며 곰이를 툭툭 건드릴 때도 있지만 개의치 않고 꼭 붙어 잠든다. 탱이와 여우도 가끔 침대에서 같이 자지만 발에 차이는 게 귀찮은지 보통은 자기들 쿠션이나 폭신한 소파 위에서 배를 뒤집고 편히 잠든다. 솔직히 나도 곰이가 발밑에 있으면 조금 신경이 쓰이고 불편하다. 하지만 얼마나 내가 좋으면 그 불편함을 참고 내 옆에서 자는 걸까 싶어 나도 그냥 그 수고스러움을 받아들였다.

그래서 곰이가 당연히 나를 따라 2층으로 올라올 줄 알았다. 그런데 방문이 열리자마자 나를 뒤로하고 '또로로로' 빠르게 뛰어들어 침대 위 마음에 드는 빈자리를 찾아 눕는 게 아닌가! 이때까지 나는 곰이가 내 껌딱지라 조금 불편해도 내 곁에 딱 붙어 자는 줄 알았다. 내가 좋아서, 내가 소중해서 그렇게 참아내는 줄 알았는데, 아니었나 보다.

자는 거 정 보시바?

사실 곰이는 나보다 푹신한 침대가 더 좋았던 거다. 그동안의 모든 불편함을 참고 나와 함께 잤던 이유는 오직 그 침대 때문이었던 것이다!

조금 당황스러웠지만, 일을 해야 하기에 2층에서 작업을 시작했다. 영상 편집에 집중하다 보니 어느새 눈이 조금씩 감기는 걸 느꼈다. 작업을 마무리하고 1층으로 내려가 거실에 걸린 시계를 보니 3~4시간이 휙 지나 있었다. 안방 문을 열자 킹사이즈와 슈퍼싱글을 붙여둔 넓은 침대에 곰이, 여우, 솜이, 랑이가 각자 한 자리씩 차지하고 곤히 자고 있었다. 그 모습을 본 순간 피곤했던 몸과 마음이 스르르 풀리는 기분이 들었다. 어쩜 이렇게 평화로울 수 있을까?

네 아이의 숨소리가 규칙적으로 들려왔다. 솜이는 작은 베개 위에 엎드려 자고 있었고, 랑이는 굴러서 구석에 박혀 자고 있었다. 곰이는 몸을 동그랗게 말고 잠들어 있었고, 여우는 배를 뒤집고 코를 골며 자고 있었다. 저마다의 방식으로 자리 잡은 모습에서 나름의 질서가 느껴졌다.

하지만 아쉽게도 내 자리는 없었다. 침대 가장자리에 좁은 틈을 찾아 몸을 구겨 넣으며 잠시 생각했다. '편히 누워 자고 싶긴 하지만 그래도 좋다!'

조금 불편하고 누울 자리가 마땅치 않아도, 이 평화로운 풍경 속에 내가 함께 있다는 사실이 참 감사했다. 오늘 하루도 무사히 지나갔다는 안도감, 그리고 사랑하는 가족들과 함께한다는 행복감이 가슴 한가득 밀려왔다. 그 작은 숨소리들이 마치 자장가처럼 들렸다.

이불을 살짝 덮고, 아이들의 따뜻한 온기 속에서 천천히 잠들었다. 그렇게 우리 가족의 이야기는 또 하루를 완성했다. 🐾

탱이는 육아 경력직

탱이는 본래 고요하고 침착한 성격을 가진 강아지다. 그래서일까 탱이는 예측하기 어렵고 소란스러운 아기와 함께 있는 걸 불편해하는 것 같다. 평소 탱이는 손님들이 집에 찾아오면 항상 뒷다리로 힘껏 뛰어올라 점프하며 반가움을 표현한다.

하지만 솜이가 태어났을 때는 상황이 달랐다. 처음 솜이가 집에 왔을 때, 탱이는 외부 개가 침입이라도 한 듯 매우 예민하게 아이를 경계했다. 그 때문에 모성애가 강한 곰이와 여우는 탱이가 아기 솜이 곁에 가지 못하게 번갈아 가며 불침번을 서기도 했다.

초반에는 솜이와 눈만 마주쳐도 자기에게 다가오지 말라는 카밍 시그널을 보내곤 했다. 탱이가 솜이를 가족으로 온전히 인정하고, 자신이 지켜야 할 주인으로 받아들이기까지는 꼬박 3년이라는 시간이 필요했다. 그리고 그 과정은 탱이에게 쉽지 않았을 것이다.

그런데 노랑이가 태어난 이후에는 조금 다른 양상이 보였다. 노랑이는 이제 겨우 11개월이지만, 솜이 때보다 더 빨리 개들과 친해진 것 같다.
아무래도 경력직이라 그런 것일까? 노랑이가 바닥에 앉아서 놀고 있어도 탱이는 노랑이 옆을 자연스럽게 지나갔고, 특별히 경계하는 모습을 보이지 않았다. 솜이와의 관계가 쉽지 않았던 것에 비해 노랑이에게는 한결 수월하게 다가가는 모습이었다.

그렇지만 어른들이 바쁘면, 혹시 모를 상황에 대비해 노랑이를 아기 의자에 앉힌 뒤 손에 떡뻥 하나 쥐어주고 나서 분주하게 집안일을 했다. 그날도 여느 때처럼 노랑이를 앉힌 뒤 손에 떡뻥을 하나 쥐어주고 청소를 시작했다.

나는 청소를 하면서도 자주 노랑이에게 주의를 기울였다. 손에 쥐어준 떡뻥이 안 보였다. 그 큰 걸 벌써 다 먹었을 리가 없는데 도대체 어디로 간 걸까? 두리번거리다 바로 범인을 찾아냈다. 탱이가 노랑이 발밑에서 떡뻥을 열심히 뜯어 먹고 있었다.

"어디, 아가 걸 뺏어 먹어! 안 돼, 나쁜 거야!"

나는 탱이를 혼냈고, 탱이는 억울하다는 듯 불쌍한 표정을 지으며 집으로 휙 들어가버렸다. 나는 노랑이에게 새 떡뻥을 쥐어준 후 뺏기지 말라고 당부하며 다시 집안일을 했다.

그 뒤로 다시 틈틈이 노랑이를 보는데 노랑이가 떡뻥을 살랑살랑 흔들며 탱이를 부르고 있었다. 탱이는 내 눈치를 살살 보며 가도 되나 망설이고 있었고, 노랑이는 탱이에게 어서 와서 먹으라고 유혹하고 있었다.

탱이가 떡뻥을 뺏어 먹은 줄 알았는데 알고 보니 노랑이가 먹으라고 준 것이다. 소중한 떡뻥을 탱이에게 뺏겼으면 분명 노랑이가 대성통곡을 했을 텐데, 노랑이는 울지도 않고 탱이가 먹는 모습만 뚫어지게 쳐다보고 있었다. 아… 이 둘은 공범이었던 것이다.
수법이 너무 능숙해서 이번이 처음이 아닌 게 분명했다. 어쩐지 탱이가 노랑이와 너무 빨리 가까워진 것 같더라니 간식으로 맺어진 동맹이었을 줄이야.

너와 나의 연결고리~

탱이는 원래 신중하고 낯을 가리는 편이라, 노랑이와 친해지는 데 시간이 오래 걸릴 거라 생각했다. 노랑이와 이렇게 빨리 친해질 거라고는 기대하지 않았다. 하지만 노랑이와 탱이는 간식이라는 작은 연결고리로 이미 가까워져 있다는 걸 이제야 알게 됐다.

곰이나 여우처럼 마음의 문을 활짝 열진 않았지만, 탱이가 할 수 있는 만큼 마음의 문을 열어줘서 기쁘고 고마웠다. 노랑이도 탱이의 그런 마음을 진심으로 받아들인 것 같아서 더욱 흐뭇하다. 🐾

여우는 육아 마스터

우리 집의 사람 막내 노랑이는 저녁 7시에 잠들어 새벽 6시면 어김없이 눈을 뜬다. 나도 노랑이랑 함께 잠들고 함께 일어나면 좋겠지만 아이들을 재우고 난 뒤 밀린 일을 하다 보면 새벽 1~2시는 훌쩍 넘어서야 잠들기 일쑤다.

그래서 새벽 6시에 노랑이가 깨워도 바로 정신 차리기는 정말 쉽지 않다. 그나마 다행인 건 노랑이가 엄마 껌딱지가 아니라 엄청 독립적인 아이라는 점이다. 엄마가 곁에서 놀아주지 않아도 혼자 장난감을 가지고 신나게 놀고, 가끔 엄마가 보고 싶으면 얼굴만 확인하고 다시 놀이에 집중한다.

노랑이는 새벽 6시가 되면 스르륵 침대에서 내려가 방문 앞에 서서 힘차게 두 손으로 문을 두드린다. "탕탕!" 이 소리를 듣고 비몽사몽한 엄마나 아빠가 눈을 비비며 문을 열어주면 노랑이는 뽈록한 배를 쭉 내밀고 아장아장 걸어서 거실로 향한다.

거실에 도착한 노랑이는 엄마, 아빠, 누나가 깨기를 기다리며 장난감을 가지고 논다.

나는 반수면 상태로 누워 노랑이의 옹알이와 드문드문 자그맣게 들려오는 웃음소리를 들었다.

'쟤는 참 신기해. 아무도 없는데도 혼자 잘 논다니까?' 이런 생각을 하다가도 돌 갓 지난 아기를 혼자 거실에 둘 수는 없어 10분 정도 내적갈등을 했다.

결국 무거운 몸을 겨우 일으켜 거실로 나갔다. 그런데 거실에 나가 보니 노랑이는 혼자가 아니었다. 여우가 노랑이 옆에 꼭 붙어서 장난치고 있었다. 노랑이의 옹알이는 여우에게 하는 말이었나 보다. 둘이 대화가 통했는지는 모르겠지만 노랑이가 외롭지 않도록 여우가 곁에서 놀아주고 있었던 것은 분명했다.

여우도 노랑이가 홀로 거실에 나가 노는 것이 걱정이 되었던 걸까? 여우는 배를 바닥에 붙이고, 앞다리는 앞으로 쭉, 뒷다리는 뒤로 쭉 뻗은 자세로 노랑이 곁에 누워 주변을 살피고 있었다.

그 모습이 얼마나 예쁘고 기특하던지 "여우야~" 하고 부르며 다가가

엄마
육아 마스터

자, 여우는 자세는 그대로 유지한 채 양쪽 귀만 요다처럼 접어 펄럭였다. '세상에, 이렇게 애교 많고 듬직한 시바견이 또 있을까?' 하는 생각이 절로 들었다.

노랑이가 여우에게 장난감 인형을 흔들자 여우는 그걸 물고 살짝 당겼다. 아기가 인형을 흔들면 여우는 아기의 힘에 맞춰서 살살 당기며 터그 놀이를 이어갔다. 노랑이가 놀아주는 것 같지만 사실은 여우가 아기와 놀아주는 중이다. 왜냐하면 내가 여우와 터그놀이를 할 때는 온몸에 힘을 잔뜩 줘서 인형을 얼마나 강하게 흔드는지 때로는 내가 질 정도니까. 하지만 아기와 힘을 딱 맞춰 살살 움직이는 걸 보면 확실히 여우가 노랑이를 놀아주는 것이다.

여우는 노랑이의 보디가드 역할도 톡톡히 해낸다. 특히 곰이나 탱이가 예민한 날이면 노랑이를 졸졸 따라다니며 곰이나 탱이가 노랑이에게 가까이 다가오지 못하도록 철저히 막는다. 아기의 보호자로 완벽히 변신하는 여우의 모습은 참으로 신기하고 대견하다.

이런 걸 누가 가르치지도 않았는데 어떻게 스스로 알고 행동하는 걸까? 여우는 정말 내가 본 중 가장 다정하고 착한 시바견이다. 우리 집 육아 마스터 여우 덕분에 오늘도 나는 마음 편히 아기 육아를 할 수 있다. 🐾

까까동맹 결성!!

4장

♡

지루할 틈 없는 시바 가족

자발적 노예의 길

개들은 누가 등 긁어주는 걸 좋아한다. 이건 개를 키우는 사람이라면 누구나 아는 사실이다. 그런데 우리 곰이는 조금 별나다. 곰이는 단순히 이 행위를 좋아하는 걸 넘어 거의 '집착'하는 수준이다. 그리고 이 집착의 강렬함은 내 상상의 수준을 훌쩍 뛰어넘는다.

등을 긁기 시작하면 곰이의 입꼬리가 살짝 올라간다. 눈이 스르르 감기며 시원함에 녹아내리는 표정을 짓는다. 솔직히 그 모습이 너무 귀엽다. 그래서 나도 모르게 한참 동안 긁어주게 된다.
문제는 내가 손을 멈추는 순간 곰이의 반격이 시작된다는 것이다. "이제 그만 쉬자" 하고 손을 떼면 곰이는 앞발로 내 팔을 사정없이 내려친다. 처음엔 그 모습이 웃기고 귀여웠다 "뭐야, 더 긁어달라는 거야?" 하고 다시 긁어주곤 했다. 하지만 시간이 지나면서 곰이의 앞발 치기는 점점 더 강해졌고 심지어 발톱으로 긁는 기술까지 터득했다.

"쪼곰아, 진짜 잠깐만 쉬자. 손가락이 너무 아파."

이렇게 말해도 곰이는 듣지 않는다. 오히려 듣고도 무시하는 것처럼 "꾸 꾸꾸" 소리를 내며 눈을 동그랗게 뜨고 나를 빤히 쳐다본다. "지금 장난 해? 아직 멀었다개! 더 긁으라개!"

결국 나는 또다시 인간 효자손이 되어 곰이의 등을 긁기 시작한다. 이런 상황이 반복되다 보니 가끔은 내가 개를 키우는 건지 곰이가 나를 부리 는 건지 헷갈릴 지경이다. 괜히 시바견 주인을 고양이 주인처럼 집사라고 부르는 게 아닌 것 같다.

그 와중에 곰이는 자기 요구를 정말 정확하게 표현한다. 한참 등을 긁어 주고 있으면 어느 순간 "여긴 됐으니까 이제 저쪽을 긁어줘"라는 신호를 보낸다. 예를 들어 내가 등을 긁고 있을 때 갑자기 몸을 살짝 돌려 옆구리 를 내민다. 그러고는 눈치 못 챌까 봐 내 손에 가려운 부위를 직접 갖다 댄다.
"여기다, 여기!" 하고 말하는 게 느껴진다. 나는 그 부위를 긁기 시작하고 곰이는 다시 만족스러운 표정을 짓는다.

문제는 이 과정이 끝나지 않는다는 것이다. 곰이는 한 번 시원하게 만족하고 끝내는 법이 없다 "다른 곳도 긁어줘!"라며 몸을 또 돌리니, 내 손가락은 쉴 틈이 없다.

가끔은 진심으로 누가 자동으로 개 등 긁어주는 기계를 좀 만들어줬으면 좋겠다고 생각한다. 손목이며 손가락이 시큰거릴 때마다 이런 생각이 머릿속을 떠나지 않는다. 하지만 막상 기계가 생긴다고 한들 '예민보스' 곰이가 받아들일지 의문이다.

곰이 공주님은 기계가 아무리 정교하게 긁어줘도 내 손만 신뢰할 것 같다. "이건 내가 원하는 터치가 아니라개!"라며 단호하게 거부할 것 같은 느낌이다.

곰이가 등을 긁어달라고 유난히 집요하게 조르는 날엔 가끔 이런 생각이 든다. '곰이는 진짜 간지러워서 긁어달라는 걸까, 아니면 그냥 내 관심이 필요해서 이러는 걸까?'

좋은 말할 때 등 긁으라개!

박박박 긁어주면 곰이는 온몸으로 만족감을 표현한다. 눈은 스르르 감기고 입꼬리는 천천히 올라가며 작은 꼬리가 좌우로 흔들린다.

하지만 대충 긁어도 곰이는 여전히 행복해 보인다. 그러니 나는 점점 더 궁금해진다. 곰이는 왜 긁는 걸 멈추면 안 되는 걸까?

이런 고민도 잠시, 손을 멈추는 순간 곰이는 즉각 반응한다. "꾸꾸꾸!" 끈질기게 소리를 치며 어김없이 앞발로 내 손을 툭툭 치며 항의한다. 그 모습을 보면 고민할 여유도 없다.

사실 긁는 동안 조금 억울한 마음이 들 때도 있다. 왜 나만 이렇게 열심히 해야 하는지 모르겠을 때가 있다. 하지만 곰이가 시원함에 완전히 취해 웃는 얼굴로 나를 바라보고 작은 꼬리를 흔들면 그 억울함도 어느새 사라진다.

그 누구도 곰이의 귀엽고 예쁜 얼굴을 보면 거부할 수 없을 것이다.

'긁어주기'는 곰이와 나만의 소통 방식이다. 곰이는 자신의 언어로 "더 긁어달라" 말하고 나는 그 언어를 알아듣고 손을 움직인다. 물론 곰이는 절대 "충분하다"라고 말하지 않는다. 내 '손꾸락'이 고장 날 때까지 곰이의 요청은 끝나지 않을 것이다.

이 귀엽고 무자비한 폭군과 함께 지내는 건 피곤하면서도 행복하다. 아무래도 나는 곰이 등 긁어주는 노예 운명인가 보다. 🐾

생명을 키운다는 것

탱이는 물고기를 정말 좋아한다. 연못에 있는 잉어들만 보면 시간 가는 줄 모르고 구경한다. 물속에서 유유히 헤엄치는 모습이 그리 재미있나 보다. 고양이가 물고기 구경을 좋아한다던데 우리 탱이는 시바 탈을 쓴 고양이가 분명하다.

그냥 보기만 하는 게 아니라, 물 밖으로 입을 벌리고 버둥거리는 물고기들을 앞발로 톡톡 건드려보기도 한다. 하지만 자기도 무서운지 진짜 만지지는 못하고, 발끝만 살짝 내밀어 간만 본다. 그 모습이 얼마나 웃긴지 볼 때마다 피식 웃음이 난다.

탱이가 물고기를 좋아하니까 집에서도 마음껏 보라고 가짜 물고기를 사 줬다. 건전지로 움직이는 물고기인데 물에 넣으면 진짜처럼 헤엄도 친다.

이걸 보고 탱이가 신나게 놀 줄 알았다. 하지만 탱이는 장난감이라는 걸 단박에 알아챘는지 시큰둥하게 한 번 보고는 휙 돌아서 가버린다. 순수한 뇌를 가진 여우만 신나서 뛰어다녔다. 이미 50퍼센트는 사람으로 진화한 탱이에게 장난감 따위는 통하지 않았다.

탱이가 진짜 신날 때는 분홍 혀를 살짝 내밀고 머리를 좌우로 갸우뚱거리며 호기심 가득한 표정을 짓는다. 눈빛이 반짝이고 얼굴에 생기가 돈다. 나는 그 모습이 너무 좋다.
어릴 때는 늘 보던 표정이지만 나이가 들면서 점점 드물어졌다. 그래서 탱이가 뭔가에 몰두하는 모습을 보면 참 반갑다. 물고기 구경할 때 생기가 도는 탱이를 보고 있으면 나도 덩달아 즐겁다. 탱이가 신나면 나도 신난다.

어느 날 호연이가 탱이를 위해 진짜 물고기를 낚아왔다. '용치놀래기'라고 제주 근방에서 쉽게 잡히는 물고기인데 색도 예쁘고 맛도 좋다.
예전에 솜이랑 호연이가 낚시하러 갔을 때도 잡아온 적이 있다. 제주도 할머니께서 용치놀래기를 라면에 넣어 먹으면 맛있다고 하셨는데, 나는 차마 생선을 라면에 넣어 먹는 걸 상상할 수 없어 숯불에 구워 먹었더니 네놈들은 뭐다냥, 아니, 뭐냐개?

살이 단단하고 쫄깃한 게 일품이었다.

어쨌든 우리는 탱이를 위해 물고기를 키우기로 했다. 2만 원짜리 낚싯대로 용치놀래기 두 마리를 잡고, 잘 보라고 유리 수조랑 여과기도 사고, 바지까지 다 젖어가며 깨끗한 바닷물도 떠왔다.

드디어 수조에 물을 넣고, 곰, 탱, 여우, 솜, 노랑이까지 다 불러놓고 카운트다운하는 시간. 물고기를 넣었는데, 물고기가 움직이지 않았다. 그대로 굳어버렸다. 이게 무슨 일이지?! 분명 방금까지 팔딱팔딱 살아 있었는데 지금은 마치 시간이 멈춘 듯 미동도 없다. 그걸 본 솜이는 그만 울음을 터뜨렸다.

다 같이 신나게 물고기 키울 준비를 했는데 이게 무슨 날벼락인가…. 도대체 뭐가 잘못된 걸까? 탱이는 물고기를 한 번 쓱 보더니 역시나 시큰둥한 표정으로 자기 자리로 돌아갔다. 죽은 물고기를 보고 대성통곡하는 솜이를 꼭 안고 한참을 달랬다.

그날 저녁 잠자리 독서 시간에 우리는 충격적인 진실을 알게 됐다. 마침 솜이가 도서관에서 빌려온 『아쿠아리움에서 살아 남기 2』를 펼쳐보니 어류는 변온동물이라 온도 변화에 민감하다고 적혀 있었다.
수온뿐만 아니라 염도, 산성도 등 물의 성질을 미리 맞춰줘야 하는데, 우리는 아무것도 모르고 그저 떠온 바닷물에 물고기를 던져넣은 것이다. 결국, 수온 차이로 물고기가 충격을 받아 죽은 것이었다!

물고기 한 마리 키우는 것도 공부가 필요하다는 걸 다시 한번 깨달았다. 그렇게 떠나보낸 물고기에게도 정말 미안한 마음이 들었다. 생명을 키우는 건 생각보다 훨씬 어려운 일이다. 곰이, 탱이, 여우, 솜이, 노랑이까지 다섯 아이를 10년간 키웠지만 여전히 어렵다.
물고기도 이렇게 예민한데 그보다 더 복잡한 개나 고양이를 키우려면 더 많은 공부가 필요하다는 걸 다시금 느낀다. 🐾

모래놀이 덕후의 반전

학창 시절 짝꿍이 제주로 놀러 왔다. 남편과 어린 아들도 함께 왔다. 코 찔찔이 아이가 언제 저렇게 자랐을까. 어느새 나는 아이 둘 엄마가 되고 친구는 아이 하나의 엄마가 되었다. 여전히 마음은 어린 시절에 머물러 있는데, 남편도 있고 아이도 있는 우리의 현실이 새삼스레 낯설게 느껴졌다.

제주에 왔는데 바닷가 안 가면 그보다 섭섭한 일이 없다. 집 안에서 장난 감으로 티격태격하는 대신, 넓은 해변에서 아이들과 삼시바가 마음껏 뛰어놀며 에너지를 발산할 수 있게 해주고 싶었다. 그래서 아이 셋과 곰이, 탱이, 여우를 데리고 사계해변으로 산책을 나섰다.

해변에 도착하자마자 아이들은 모래 위에 앉아 모래놀이에 빠져들었다. 한편 솜랑(솜이, 노랑이) 아빠는 곰이, 탱이, 여우를 데리고 해변 산책길을 걸으려 했다. 그런데 여우는 산책을 거부하고 아기들 곁에 털썩 누워버렸다. 평소 짧고 통통한 다리를 쉴 새 없이 움직이며 누구보다 앞서 걷던 여우가 뜬금없이 산책을 거부한 것이다.

아이들 사이에 자리 잡고 앉아서 "안 가시바" 하고 시위하는 여우의 단호한 표정을 본 나는 모래놀이 덕후답게 또 땅 파고 놀려고 그러나 보다 생각했다. 그래서 솜랑 아부지는 모래놀이를 따분해하는 곰이와 탱이만 데리고 산책을 갔고, 여우한테는 "너는 여기서 아기들이랑 신나게 땅 파며 놀아" 하고 말했다.

하지만 평소 같으면 여기저기 구멍을 파헤치며 혀를 내밀고 신나게 뛰어다녀야 할 여우가 오늘은 아기들 옆에 가만히 앉아 있었다. 그리고 그 얼굴에는 어딘가 날카로운 표정이 서려 있었다.

가늘게 뜬 눈, 치켜든 턱. 분명 뭔가를 지키려는 시바견의 얼굴이었다. 평소 너가 맑고 순수한 여우에게서 찾아보기 힘든 그 눈빛. 낯설면서도 한편으로는 탱이가 집을 지킬 때 보이던 그 눈빛과 닮았다는 생각이 들었다. 여우는 아마도 사방이 탁 트인 해변에서, 혼자 남아 아기들과 가족을 지켜야 한다고 생각했나 보다. 그의 눈빛에는 제법 다부진 책임감이 묻어 있었다.

여우만 믿으시바~

'혹시 다른 개가 갑자기 달려오지는 않을까?' '아기들에게 무슨 위험이 닥치지는 않을까?' 여우는 자신만의 방식으로 해변을 둘러보며 꼼꼼하게 경계했다. 평소 곰이와 탱이 사이에서 천진난만하게 뛰어다니며 온갖 귀여운 말썽을 부렸고, 언제나 모래를 파고, 코에 모래를 묻히며 천진난만하게 뛰놀던 여우가 오늘은 마치 경계와 보호의 임무를 맡은 듯 당당한 태도로 그 자리에 있었다.

덕분에 아이들은 여우의 보호 아래서 모래놀이에 한껏 빠질 수 있었다. 사진도 찍고 웃음소리도 끊이지 않았다. 그렇게 얼마의 시간이 흘렀고, 산책을 마친 솜랑 아빠가 해변으로 돌아왔다. 여우는 그제야 눈에 힘을 풀고 일어나더니, 아빠에게 폭 안겨 여느 때와 같은 해맑은 얼굴로 돌아왔다. 얼마나 놀고 싶었을까? 다시 순수한 표정으로 코에 모래를 잔뜩 묻히고, 쉼 없이 땅을 파헤치며 즐거운 시간을 보내는 여우!

평소 여우는 가족이 모두 모였을 때 든든해하는데, 아빠가 없으니 직접 가족을 지켜야 한다는 마음이 생긴 것 같았다. 언제나 해맑고 장난스럽기만 하다고 생각했는데, 그 작은 몸 안에 가족을 향한 따뜻한 책임감이 숨겨져 있었다니 새삼 감동이었다. 🐾

곰이는 '얼죽아'

시바견은 일본의 눈 덮인 산악지대에서 사냥견으로 커서 추운 날씨에 잘 적응한 견종이다. 그래서 시바견의 털은 '얼음 나라' 출신답게 부드럽고 따뜻한 속털과 방수 기능이 있는 뻣뻣한 겉털로 이루어져 있다. 덕분에 차가운 바람에도 보온성을 유지하고, 눈밭에서도 털이 젖지 않아 체온을 잃지 않는다.

그러니 우리 집의 대표 시바견 김쪼곰이도 이론적으로는 추위를 거뜬히 견딜 수 있어야 하는데 현실은 정반대다. 날씨가 조금만 쌀쌀해져도 온몸에 빽빽한 털이 무색할 정도로 오돌오돌 떨며 극도로 추위를 탄다.

첫눈이 내린 다음 날, 한라산의 1100고지 휴게소로 가면 눈꽃 절경을 볼 수 있다는 소식을 듣고 삼시바를 데리고 출발했다. 차로 40분 정도 꼬불꼬불한 산길을 올라가면서 주변 풍경을 보니 아직도 나무와 잔디가 푸르렀다.

"눈이 있긴 한 거야? 그냥 쌓인 눈이나 보고 오자."

그렇게 반쯤 포기한 상태로 계속 올라가다 보니 갑자기 안개가 짙어지면서 풍경이 변했다. 그렇게 마침내 도착한 곳은 바로 '겨울왕국'이었다.

1100고지 휴게소는 새하얀 눈밭이 되어 있었다. 눈부시게 하얀 풍경을 보자마자 뛰어들고 싶은 마음이 솟구쳤다. 나만 그런 게 아니었다. 여우는 차에서 내리자마자 망설임도 없이 눈밭으로 냅다 뛰어들었다. 눈 속에 몸을 절반이나 파묻으면서도 이리저리 신나게 뛰어다니며 '북극여우'로 완벽히 변신해 있었다.

탱이는 긴다리를 이용해 어기적어기적 눈 위를 걸었다. '아, 또 겨울이구나. 올해는 을~매나 추울려나?' 하는 표정으로 대수롭지 않게 산책을 했다. 탱이는 눈을 싫어하지도 그렇다고 좋아하지도 않는 것 같았다. 그냥 눈 위를 터벅터벅 걸으며 나름의 여유를 만끽했다.

하지만 곰이는 달랐다. 눈밭에 발을 디딘 순간부터 동작을 멈추고 온몸으로 떨었다. '추워서 더는 못 하겠어요' 하는 표정으로 앞발 하나를 스르륵 들어 올리며 차가운 눈 위에 서 있었다. 서귀포의 따뜻한 집에서 이렇게 추운 이곳까지 왜 데리고 왔냐고 원망의 눈빛을 쏘았다.

"곰이야, 움직이면 덜 춥다니까! 조금만 걸어보자!"

리드를 당기며 억지로 걷게 하자 곰이는 마지못해 걸음을 옮기기 시작했다. 그러다가 벌벌 떨면서 열심히 입으로 눈을 퍼먹기 시작하는 곰이!

"곰이야, 추워서 떨더니, 왜 눈을 먹고 있어?!"

눈을 한입 베어서 어금니로 사각사각 씹어먹는 곰이의 모습이 황당하면서도 귀여웠다.

알고 보면 곰이는 얼음을 너무 좋아한다. 여름에 삼시바에게 더위를 식히라고 얼음 큐브를 주면 탱이는 아예 입에도 대지 않고 여우는 몇 번 핥다 만다. 그런데 곰이는 얼음을 야무지게 씹어먹으며 행복해한다. 결국 곰이는 추워서 얼어 죽겠다는 소리를 하면서도 좋아하는 얼음은 참지 못했다. 사람으로 치면 '얼죽아(얼어 죽어도 아이스아메리카노)'가 딱 맞는 시바견이다.

눈과 만나면 여우는
'여우'로 돌변한다.

짧은 눈 구경을 마치고, 곰이를 위해 따뜻한 서귀포로 내려왔다. 칠십리 시공원은 겨울임에도 불구하고 잔디가 푸르고 꽃까지 피어 봄처럼 포근했다. 곰이는 이제야 제대로 된 산책길을 만났다는 듯 신나게 뛰어다니며 냄새를 맡고 여기저기 마킹도 열심히 했다. 작은 엉덩이를 뒤뚱거리며 걷는 모습이 얼마나 귀여운지 모르겠다.

겨울왕국에서 눈을 먹던 얼죽아 시바 곰이는 서귀포의 온화한 바람 속에서 산책을 마치고 집으로 돌아왔다. 결국, 아무리 추운 날씨에도 얼음과 눈은 못 참는 곰이. 이런 곰이를 보면서 나는 생각했다. '사람도 각자 다르듯, 같은 시바견이라도 다 다르구나. 곰이는 그저 곰이다.' 🐾

얼죽아 한잔~

방충망 파괴범

한여름에 잔디의 성장 속도는 무서울 정도다. 특히 비라도 내리면 잔디는 그 힘으로 폭발적으로 자란다. 마당 잔디를 깎는 일은 그야말로 전쟁이다. 양평에 살 때도 잔디들과의 전쟁으로 고생을 많이 했다. 매일 같이 자라는 잔디를 관리하기란 여간 번거로운 일이 아니었다.

다행히 제주 집에서는 이런 걱정을 덜었다. 집주인께서 매달 말에 잔디 깎는 업체를 불러 단지 전체를 관리해주시기 때문이다. 내 손 하나 까딱하지 않아도 깔끔해지니 정말 편하다. 하지만 잔디는 보름만 지나도 다시 쑥쑥 자라난다. 그러다 보면 마당은 금세 지저분해지고 곰이, 탱이, 여우가 뛰어놀기에도 불편해진다.

그래서 잔디를 깎는 날은 나나 삼시바에게 특별한 날이다. 깔끔하게 정돈된 마당에서 곰이, 탱이, 여우가 신이 나서 이리저리 뛰어다니는 모습을 보는 일은 참 기분이 좋다.

그런데 그날따라 여우가 너무 신났던 것 같다(사실 여우는 1년 365일 중 거의 364일 신나 있다). 짧게 깎인 잔디밭을 뱅글뱅글 돌며 한껏 에너지를 발산하던 여우가 갑자기 집안으로 돌진했다.

문은 열려 있었지만 파리나 모기 들어갈까 봐 방충망만 닫아놓은 상태였다. '설마 방충망을 뚫고 들어올까?' 싶었던 내 생각은 너무 순진했다. 여우는 엄청난 힘으로 방충망을 그대로 뚫어버렸다.

정말 순식간이었다. 방충망이 찢어지는 소리가 났고 자기도 황당했는지 여우도 멍한 표정이었다. 나는 당황한 마음에 얼어붙었다. '저 튼튼한 방충망을 머리로 뚫다니! 여우가 아프지는 않을까?' 걱정이 밀려왔다.

여우는 자리에 가만히 앉아서 눈치만 봤다. '혼날까 봐 겁이 났나?' 싶기도 했다. 하지만 저 순수한 시바를 어떻게 혼낼 수 있겠는가. 그저 방충망의 운명을 한탄할 뿐이었다.

이 사건의 여파로 마당은 더 북적이게 되었다. 곰이와 탱이도 뜯긴 방충망 사이로 자유롭게 마당을 드나들었고, 걸음마가 서툰 노랑이도 엄마가

무슨 일 있었시바…?

방심하는 틈을 타 마당으로 나가 놀았다. 생각해보니 나쁘지 않은 결말이었다. 모두가 더 자유로워진 셈이니까. 물론 엄마, 아빠가 신경 써야 하는 부분은 더 많아졌지만 말이다.

여름이 지나고 늦가을의 찬바람이 불어오면서 나는 방충망 대신 유리문을 닫아두었다. 어느 날 마당에서 뛰어놀던 탱이가 갑자기 집으로 달려들었다. 이번엔 방충망이 아니라 '유리문'이라는 게 문제였다.

"쿵!" 하는 소리와 함께 탱이가 유리문에 정통으로 머리를 부딪혔다. 나는 깜짝 놀라 달려갔다. 탱이는 머리가 아프다는 듯 눈을 찡그리며 "삐익" 하는 구슬픈 소리를 냈다. 다행히 큰 부상은 아니었는지 탱이는 금세 다시 활발해졌지만, 그 순간은 정말 심장이 철렁했다.

여우는 여름에 방충망만 찢었지만, 탱이는 단단한 유리문과 충돌하는 대형 사고를 일으켰다. 나는 한숨을 내쉬며 생각했다. '이 시바 녀석들은 도대체 왜 이렇게 무모하게 돌진하는 거야?'

이런 일이 또 생기면 안 되니, 마당으로 나가는 개구멍을 만들어줘야 하나? 하지만 그렇게 하면 곰이, 탱이, 여우가 마당에서 더 자유롭게 뛰어다니게 될 텐데, 그때는 그들이 또 어떤 사고를 칠지 감당할 자신이 없다.

곰이, 탱이, 여우와 함께 사는 매일매일이 이런 고민으로 가득하다. 하지만 그런 고민 속에서도 나는 삼시바의 순수한 얼굴을 보며 웃게 된다. 다치거나 아프지만 않는다면 사고를 많이 쳐도 그럭저럭 즐겁게 살아갈 수 있을 것 같다. 🐾

여우가 물놀이를 좋아하는 이유

여우는 물놀이를 정말 좋아한다. 물만 보이면 바다든 개울이든 망설임 없이 뛰어들고 신나게 물속을 누비며 즐거운 시간을 보낸다. 물에서 이리저리 뛰어다니는 여우의 모습은 그야말로 해맑다.

여우가 물에서 한참을 놀고 있으면 곰이와 탱이는 멀찌감치 떨어져서 도저히 이해할 수 없다는 표정으로 바라본다. 곰이와 탱이는 털이 물에 젖는 걸 극도로 싫어하는 전형적인 시바견이기 때문이다.

대부분의 시바견이 물에 젖는 걸 좋아하지 않는 데는 그만한 이유가 있다. 시바견은 추운 지방 출신이라 체온 조절에 늘 신경을 쓴다. 털이 물에 젖으면 체온을 유지하기 어려워 본능적으로 생명에 위협을 느끼기 때문에, 시바는 방수 기능이 뛰어난 이중 모를 가지고 태어나 태생적으로 물을 싫어하도록 진화해왔다.

이제 대부분의 시바견이 실내에서 생활하게 되어 이중 모의 방수 기능이 필요 없게 되었지만, 오랜 시간 이어진 이 특성은 쉽게 바뀌지 않는 것 같다. 그런 점에서 여우의 물놀이 사랑은 어떻게 보면 돌연변이(?)처럼 보이기도 한다.

사실 여우가 처음부터 물놀이를 좋아했던 것은 아니다. 여우의 물놀이 사랑은 우연한 실수에서 시작되었다.

그날은 무더운 여름 중에서도 정말 숨 막히게 더운 날이었다. 곰이, 탱이, 여우를 데리고 배변 산책을 나섰다가 개울가에 도착했을 때 더위에 정신이 혼미해진 여우가 발을 헛디뎌 물속으로 퐁당 빠져버렸다.

깊지 않은 개울이라 물이 배 정도밖에 차지 않았는데도 여우는 잔뜩 당황한 듯 발버둥 치며 요란하게 물 밖으로 나왔다. 여우의 엉뚱한 실수에 호연이와 나는 배를 잡고 한참을 웃었다. 물에 젖은 여우는 불편한 듯 앞발과 뒷발을 번갈아 털며 불만을 표했다.

어, 들어오개~

하지만 잠시 후, 여우는 몸 털기를 멈추고 다시 물속으로 들어갔다. 마치 냉탕에 천천히 적응하는 사람처럼 몸을 부르르 떨며 깊은 물가로 걸어 들어간 여우는 곧 물의 시원함을 만끽하며 서서히 움직이기 시작했다.

말도 안 되는 더위 속에서 온몸이 시원해지는 경험은 여우에게 새로운 세계를 열어준 듯했다. 방금까지만 해도 물에 젖으면 큰일 나는 줄 알았던 여우는 물놀이가 이렇게나 시원하고 기분 좋다는 것을 깨달았다.

그날 이후 여우는 물놀이에 푹 빠져 바다든 개울이든 물만 보이면 먼저 달려가는 시바가 되었다. 무심코 발을 헛디뎌 시작된 물놀이가 이제는 여우에게 더위를 이겨내는 새로운 즐거움이 되었다.
여우가 물속에서 신나게 뛰어노는 모습을 보면, 내가 물놀이를 하는 것도 아닌데 행복한 기분이 든다. 재미와 건강 두 마리 토끼를 모두 잡은 여우의 물놀이! 내년 여름에도 함께 신나게 물놀이하자, 여우야~! 🐾

너희들 사람이지?

제주는 한겨울에도 영상 10도를 웃돈다. 우리 집 마당 곳곳엔 아직도 푸릇푸릇한 잔디가 자라고 있다. 이렇게 따뜻한 남쪽 나라에 무슨 일인지 하루 종일 함박눈이 내렸다.

육지에 살 때는 겨울만 되면 눈을 너무 많이 봐서 눈이라는 것을 별 감흥 없이 보곤 했다. 빙판길에서 삼시바와 산책 나가다가 넘어질까 봐 불안하기도 하고 이곳저곳 사정없이 뿌려둔 염화칼슘을 삼시바가 밟을까 걱정되어 발걸음 하나하나까지 신경 썼다.
곰이가 지저분한 눈이라도 먹고 배탈이 나지 않을까 노심초사했고, 눈이 녹은 뒤에는 길에 남은 흙탕물이 곰탱여우의 발바닥에 들러붙곤 했는데 그걸 다시 씻어주는 것도 만만치 않은 일이었다. 이래저래 귀찮고 번거로운 것투성이가 바로 육지의 겨울이었다.

제주에서는 눈 내리는 일이 드문 만큼 이런 날이 특별한 선물처럼 느껴졌다. 마당 쪽 통창 앞에 앉아 함박눈이 포슬포슬 내리는 모습을 한참 바라보고 있으니 내가 마치 스노볼 속에 들어가 있는 착각이 들었다. 그렇게 지긋지긋했던 눈도 자주 안 보니 낭만적으로 보이는구나!

"자기야! 눈 온다! 눈! 지금 눈 온다고!"

나는 낭만과 흥분이 뒤섞여서 그만 큰 소리로 2층에 있는 호연이를 불렀다.

"여기 봐! 진짜 함박눈이야. 우리 마당에 눈 쌓이는 거 처음이지 않아?"

그때였다. 내가 흥분해서 외친 말에 우리 집 삼시바 곰이, 탱이, 여우도 난리가 났다. 내가 무심코 던진 "온다"라는 단어에 녀석들이 또 착각을 한 모양이었다. 곰이, 탱이, 여우는 "눈이 온다"는 말을 그저 "손님이 온다"는 뜻으로 이해한 것이다.

세 마리가 한순간에 현관 쪽으로 전력 질주하더니 저마다의 방식으로 손님맞이 준비를 시작했다. 곰이는 꼬리를 신나게 흔들며 '꾸꾸꾸' 목소리

를 높였고 탱이는 여기저기 점프하며 흥분을 주체하지 못했다. 여우는 허공을 향해 멍멍 짖으며 손님이 빨리 들어오라는 듯 재촉하고 있었다.

나는 그 모습을 보며 웃음이 터져나왔다.

"얘들아, 미안해. 손님이 온다는 게 아니고, 눈이 온다고… 눈 말이야…"

나는 최대한 침착한 목소리로 설명을 시도했지만 이미 손님이 온다는 상상에 잔뜩 신난 녀석들에게 내 말이 들릴 리 없었다. 곰이, 탱이, 여우는 현관문에 바짝 붙어서는 발끝까지 들썩이며 누구라도 들어오기만을 기다리고 있었다.

"호연아, 이거 어떡하지? 얘네 실망할 텐데."

나는 뭔가 그들의 기대를 저버리면 안 될 것 같은 이상한 책임감에 휩싸였다. 호연이는 내 말을 듣고 어이가 없다는 듯 웃음을 터뜨리더니, 마당으로 나가서 손님처럼 현관문으로 들어오며 우리를 향해 손을 흔들었다.

"곰이, 탱이, 여우야~ 손님 왔다~"

그 모습을 본 곰이, 탱이, 여우의 반응은 그야말로 열광적이었다. '손님 호소인' 아빠를 열과 성을 다해 반겼다. 곰이는 꼬리를 더 신나게 흔들며 얼굴을 들이밀었고, 탱이는 점프력을 최대치로 끌어올려 아빠 팔에 달려들었다. 여우는 '오롤롤로' 열심히 소리를 지르며 환영의 합창을 시작했다.

한쪽에서 그 모습을 바라본 나는 웃음이 멈추질 않았다. "이게 대체 뭐야? 손님맞이 연극이라도 펼치는 거야?"라고 묻자 호연이는 멋쩍은 표정으로 "뭐라도 해야 애들이 실망 안 할 거잖아. 이렇게 귀엽게 기다리는데"라며 어깨를 으쓱했다.

그러고 보니 이 녀석들은 늘 손님맞이에 진심이었다. 우리 집에 누가 올 때마다 현관문 근처에서부터 온갖 애교를 부리며 기쁨을 표현하곤 했다. 혹시라도 초대한 손님이 그 열정에 놀랄까 주의를 당부할 때도 있었지만, 그 열정은 오늘 우리 모두에게 큰 웃음과 행복을 줬다.

눈은 여전히 마당 위로, 창밖으로, 그리고 우리의 마음속으로 소리 없이 내리고 있었다. 삼시바의 해맑은 얼굴, 웃음 짓는 호연이. 이 순간만큼은 정말 동화 속 한 장면 같았다. 이 정도면 곰이, 탱이, 여우 너희들 혹시 사람 아니니? 너무나도 따뜻한 감정을 가진 이 녀석들을 보면 가끔 정말 그런 의문이 들곤 한다.

제주의 함박눈은 그렇게 우리 집을 가득 채우며 내렸다. 눈이 내린다는 사실 하나만으로도 이렇게 따뜻한 하루를 만들어준 곰이, 탱이, 여우! 고맙고 사랑한다. 🐾

혼자가 아니야

(남집사 번외편)

탱이를 바라볼 때마다 문득 어린 시절의 내가 떠오른다. 엄마, 아빠는 늘
바빴다. 일터에서 보내는 시간이 길었고 나는 혹여나 고생하시는 엄마,
아빠에게 방해가 될까 조용히 지냈다. 집 안 어딘가 나만의 공간을 찾아
몸을 웅크리고 시간을 보냈다. 그때는 씩씩하게 외롭지 않다고 생각했지
만, 지금 와서 생각해보면 어린 나는 어딘가 허전한 마음을 품고 있었던
것 같다.

나는 그 외로움을 달래기 위해 홀로 켜진 티브이와 컴퓨터게임에 의지하
곤 했다. 반짝이는 화면 속에서 또 다른 세상을 만나고, 게임 속 캐릭터들
과 함께 가상의 모험을 떠나며 현실의 고독을 잠시나마 잊었다. 비록 그

것이 완전한 위로는 아니었지만 적어도 나를 혼자가 아니라고 느끼게 해 줬다.

하지만 탱이는 그런 것도 없다. 집에서 조용히 시간을 보내는 탱이는 나처럼 티브이 속 이야기나 게임의 환상 속으로 도망칠 수도 없다. 대신 묵묵히 소파 한쪽에 몸을 웅크리고 구석에 몸을 숨긴 채 시간을 보낸다. 가끔 창밖을 바라보기도 하지만 말하지 못하는 외로움이 탱이의 눈빛에 서려 있다. 그런 모습을 볼 때마다 마음이 아려온다. 적어도 나는 화면을 통해 외로움을 잠시 잊을 수 있었지만, 탱이는 오롯이 그 시간을 견뎌내야 한다는 생각이 들어 더욱 미안해진다.

탱이가 처음 우리 집에 왔을 때가 떠오른다. 인터넷에서 강아지와 침대에서 같이 자면 버릇이 나빠진다는 말을 듣고, 처음에는 함께 자고 싶다는 탱이의 바람을 외면했다. 작은 몸으로 밤새 낑낑대며 내 옆에 있고 싶어 했지만, 나는 마음을 단단히 먹고 애써 무시했다. 그때 탱이는 얼마나 외롭고 서운했을까. 지금 생각하면 미안한 마음이 크다. 그 작은 강아지가 이제는 묵묵히 혼자 있는 것에 익숙해져버린 것 같아 더욱 안쓰럽다.

솜이와 노랑이가 태어나고부터는 탱이가 누워 있는 시간이 더 많아졌다. 아이들이 집 안 곳곳을 뛰어다니며 시끌벅적하게 놀 때 탱이는 한발 물러서 조용한 곳을 찾아 몸을 뉘인다. 분주하게 움직이는 가족에게 자신이 방해가 될까 피하는 것만 같다. 예전에는 나와 함께 시간을 보내던 탱이가 이제는 점점 더 조용히 그림자처럼 지내는 모습을 보면 한없이 마음이 쓰인다.

오늘도 밀려오는 미안함을 누워 있는 탱이의 등을 쓸어주는 것으로 대신한다. 나는 탱이의 마음을 알 것만 같고, 탱이는 내 마음을 아는 듯하다. 탱이는 말 대신 눈빛으로 이야기한다. 괜찮다고, 신경 쓰지 말라고. 그럼에도 묵묵히 품어온 탱이의 외로움이 까맣고 작은 눈빛 속에 담겨 있는 것 같다.

나는 탱이를 더 많이 안아주기로 했다. 그리고 어린 날의 나에게도 다정한 말을 건네본다. '괜찮아, 혼자가 아니야.' 나는 탱이에게도 같은 말을 속삭인다.

"너도 혼자가 아니야."

+ 오해할까 말해두자면, 탱이가 아프거나 친구가 없는 건 아니다. 발랄했던 탱이가 나이 들어 유순해져가는 걸 보니 아빠로서 마음이 찡해져서 쓴 글이다. 나도 나이가 드는 모양이다. 🐾

탱이야, 우리는 함께야!

가족의 완성♥♥

매일 최선을 다해 사랑하기

"자기야, 우리 제주로 이사 가면 안 될까?"

호연이의 이 말을 처음 들었을 때, 나는 단호하게 고개를 저었다. 강아지들과 아이들을 데리고 낯선 곳에서 살아간다는 게 막막하게만 느껴졌다. 하지만 시간이 지나면서 그 말은 내 안에서 점점 커졌고 곧 머릿속을 맴돌았다.

우리가 함께할 수 있는 시간은 얼마나 남아 있을까? 곰이, 탱이는 이제 열 살이 되어 간다. 막둥이 여우도 올해 일곱 살이 된다. 내 기억 속에서는 여전히 솜털 보송한 아기 강아지들이지만 어느새 턱 밑의 흰 털이 늘고 걷는 속도도 조금씩 느려졌다.

삶은 영원할 것처럼 흘러가지만 우리는 결국 언젠가 헤어질 수밖에 없는 존재들이다. 그렇다면 남아 있는 시간만큼은 더 깊이 사랑하며 살아야 하지 않을까? 제주로 이사 간다는 것은 단순히 장소를 바꾸는 게 아니었다. 그건 더 많은 시간을 함께하기 위한 선택이었다. 또 우리의 삶을 다시 돌아보는 과정이었다. 시끌벅적한 도시를 떠나 바닷바람이 부는 길을 걷고 푸른 하늘 아래에서 강아지들과 아이들이 자유롭게 뛰노는 걸 보면서 나는 점차 깨달았다. 삶은 거창한 계획이 아니라 매일의 작은 순간이 모여서 만들어진다는 것을!

모래를 파는 여우의 해맑은 얼굴, 사람들의 손길을 반갑게 맞는 탱이, 옆에 조용하게 앉아서 따뜻함을 전하는 곰이, 그리고 내 곁에서 밝게 자라나는 아이들….

제주로 이사를 결심한 날 나는 단순히 새로운 곳에서의 삶을 꿈 꾼 것이 아니라 사랑하는 가족과 더 많은 추억을 쌓을 기회를 선택한 것이었다. 도시의 편리함을 뒤로 하고 조금 불편해도 자연 속에서 곰이, 탱이, 여우, 솜이, 노랑이와 함께 복닥복닥 추억을 쌓으며 살아가는 길을 택했다.

제주에서의 시간은 빠르게 흘렀고 매일의 작은 순간들 속에서 나는 더 큰 행복을 발견했다. 물론 쉽지 않은 순간도 있었다. 가족을 떠나보내는 아픔도 있었고 현실의 벽 앞에서 고민도 많았다. 하지만 곁에 있는 이 아이들이 나를 다시 일으켜 세웠다. 여우의 장난기 넘치는 눈빛, 곰이의 따뜻한 체온, 탱이의 든든한 시선, 그리고 솜이와 노랑이의 환한 미소가 나를 다시 앞으로 나아가게 했다.

언젠가 우리에게도 헤어짐의 순간이 찾아올 것이다. 하지만 지금 이 순간, 함께할 수 있는 시간을 온전히 누리며 살아가기로 했다. 이별이 두렵지 않다면 거짓말일 것이다. 지난 한 해 동안 사랑하는 가족을 떠나보내며 삶이 얼마나 덧없고 예측할 수 없는지 가슴으로 절실히 느꼈다. 그 슬픔 속에서 나는 한 가지를 다짐했다. 아직 곁에 있는 존재들에게 더 많은 사랑을 주자. 우리에게 주어진 시간 속에서 후회 없이 하루를 살자!

언젠가 이 순간들이 그리워질 날이 올 것이다. 그때 가만히 눈을 감으면 제주의 따뜻한 바람, 부드러운 털을 쓰다듬던 손끝의 감촉, 그리고 사랑하는 이들의 웃음소리가 선명하게 떠오르기를. 그렇게 매일 최선을 다해 사랑하며 살아가다 보면, 언젠가 이 시간이 가장 아름다운 추억으로 남을 것이라 믿는다. 제주의 바닷바람을 맞으며 나는 다시 한번 다짐한다.

'오늘도 함께할 수 있어서 고마워. 이 순간을 소중히 간직할게.' 🐾

반려견과 여행 시 주의점

☆ 진드기 조심!

여름, 가을철 산이나 들판에서 뛰어놀면 진드기에 물릴 수 있어요!

진드기 기피제나 예방약 꼭 사용하세요.

산책 후 귀, 눈, 겨드랑이, 꼬리 밑 등 잘 보이지 않는 곳까지 꼼꼼히 체크!

진드기가 많은 야산은 되도록 피하고 가능하면 몸을 보호하는 옷을 입히는 것이 좋아요.

☆ 비료·농약에도 주의!

밭이나 들판에는 비료나 농약이 뿌려져 있을 수 있어요.

처음 방문하는 곳에서는 바닥을 잘 살펴야 해요.

강아지가 풀을 뜯거나 바닥을 핥지 않도록 주의를 주세요.

☆ 반려견 눈에 모래가 들어갔을 때

해변이나 바람이 센 곳에서는 모래가 눈에 들어가기 쉬워요.

눈을 비비거나 깜빡이면 깨끗한 생리식염수로 세척!

계속 불편해하면 꼭 동물병원 진료를 받아보세요!

시바견 응급처치법

시바견은 자유로운 영혼이지만, 건강하고 행복하게 지내려면 집사의 세심한 관리가 필요해요!

☆ 진드기에 물렸을 때

억지로 떼면 진드기 머리가 피부에 남을 수 있어요!

즉시 동물병원 방문 or 전용 진드기 제거 도구를 사용하세요.

☆ 중독 (비료, 초콜릿, 포도, 양파 등 위험한 음식 섭취)

섭취 의심되면 바로 병원으로!

☆ 발바닥 화상 (뜨거운 아스팔트 주의!)

여름철 뜨거운 길을 맨발로 걷는 건 위험해요!

차에서 내리면 손등으로 바닥 온도 체크.

물통을 휴대해 등과 발바닥에 자주 뿌려주고 물을 충분히 먹이세요.

☆ 다리 삐끗하거나 넘어졌을 때

시바견은 엄살이 심해서 일시적으로 절뚝거릴 수 있어요. 일단 안정을 취하게 하고,

누워만 있거나 절뚝거림이 계속되면 꼭 병원을 방문하세요.

초보 시바 집사를 위한 꿀팁

☆ 1. 시바견의 독립적인 성격 이해하기

시바견은 독립적인 성격을 가진 강아지로, 사람과 친밀한 관계를 유지하려고 하지만 때로는 혼자 있고 싶어 할 수 있어요. 너무 과하게 애정을 주기보다는 자유롭게 활동할 수 있는 공간을 만들어주고 개인 시간을 존중해주세요.

☆ 2. 시바견의 체중 관리

시바견은 식탐이 있어서 과식할 수 있기 때문에 체중 관리가 중요해요. 적당한 양의 사료와 규칙적 운동을 통해 적정 체중을 유지해주세요.

활동적인 성격이라 운동을 많이 시키는 게 좋아요. 자주 산책을 하거나 놀아주면 건강에도 좋고, 스트레스도 줄여줄 수 있어요.

☆ 3. 시바견의 털 관리

시바견은 이중 모를 가진 견종이라 털 빠짐이 많아요. 정기적인 브러싱을 통해 빠지는 털을 관리하고, 털 뭉침을 방지해야 해요. 특히 털 빠짐이 많은 계절인 봄과 가을에는 하루에도 몇 번씩 빗질해주는 게 좋고, 이렇게 하면 청소시간도 줄어요.

☆ 4. 교육에 필요한 인내심

시바견은 똑똑하지만 고집이 세서 훈련이 까다로울 수 있어요. 반복적인 훈련과 긍정적인 보상 방법을 사용하세요. 인내심을 가지고 꾸준히 훈련하면 조금씩 나아질 거예요.

☆ 5. 사회화 교육

시바견은 낯선 사람이나 다른 강아지에게 경계심이 강할 수 있어요. 어린 시절부터 다양한 환경에 노출시키고, 다른 사람이나 동물과의 상호작용을 통해 사회화를 시켜줘야 해요.

☆ 6. 시바견의 건강 체크

시바견은 관절 질환이나 피부 질환에 걸리기 쉬우니 정기적인 관찰과 검진이 필요해요.
집 바닥이 미끄러우면 장판은 필수!

☆ 7. 여름철 더위 관리

시바견은 더위에 약하기 때문에 여름에는 더위를 피할 수 있도록 시원한 장소를 확보
해주세요.

☆ 8. 시바견과 신뢰 쌓기

시바견은 매우 충성스럽지만 신뢰를 쌓는 데 시간이 걸릴 수 있어요. 꾸준한 교감과
함께 긍정적인 경험을 제공하고, 안정적이고 규칙적인
환경을 만들어주면 시바견과의 유대가 더욱
깊어질 거예요.

★

QR 코드를 스캔하면
'시바견 곰이탱이여우'
미공개 브이로그로 연결됩니다.

KI신서 13472
곰이 · 탱이 · 여우
귀여움엔 끝이 없다개!

1판 1쇄 인쇄 2025년 3월 19일
1판 1쇄 발행 2025년 3월 26일

지은이 쏭이님
펴낸이 김영곤
펴낸곳 ㈜북이십일 21세기북스

편집팀 정지은 박지석 김지혜 이영애 김경애 양수안
출판마케팅팀 남정한 나은경 한경화 권채영 전연우 최유성
영업팀 한충희 장철용 강경남 황성진 김도연
제작팀 이영민 권경민

출판등록 2000년 5월 6일 제1406-2003-061호
주소 (10881) 경기도 파주시 회동길 201(문발동)
대표전화 031-955-2100 **팩스** 031-955-2151 **이메일** book21@book21.co.kr

(주)북이십일 경계를 허무는 콘텐츠 리더

21세기북스 채널에서 도서 정보와 다양한 영상자료, 이벤트를 만나세요!
페이스북 facebook.com/jiinpill21 포스트 post.naver.com/21c_editors
인스타그램 instagram.com/jiinpill21 홈페이지 www.book21.com
유튜브 youtube.com/book21pub
서울대 가지 않아도 들을 수 있는 명강의! 〈서가명강〉
'서가명강'에서는 〈서가명강〉과 〈인생명강〉을 함께 만날 수 있습니다.
유튜브, 네이버, 팟캐스트에서 '서가명강'을 검색해보세요!

ⓒ 백송희, 2025
ISBN 979-11-7357-182-4 (03810)